神里雄大
Yudai Kamisato

南米、日系の若者たちをたずねて

Perú
Argentina
Paraguay
Brasil
Bolivia

亜紀書房

沖縄祭り開始前、会場となるリマ市内のペルー沖縄県人会館グラウンド

Perú

ペルー日系人協会主催の新年会

リマの祖母の家の客間

曽祖父、勝富の墓

Argentina

ブエノスアイレスの中心部にある、街のシンボルであるオベリスコ

ブエノスアイレス州 José C. Paz 地区で開催された盆踊り会場の屋台

フアン一家

コロン劇場の最後列席からの景色

Paraguay

(上)エンカルナシオンのビーチ。対岸に見えるのはアルゼンチン、ポサーダスのビル群（中右)安藤家入口（中左)ラパス移住地中心部の並木通り（下)全パ日系フットサル大会開会式の様子

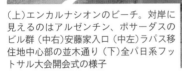

イグアス移住地の手打ち塩ラーメン

ラ・コルメナ移住地、
旧日本人収容所で現在は学校

満開のラパチョ（ラ・コルメナ移住地）

（上）サントスのビーチとビル群
（中）サンパウロのフルーツ屋さん（下）リベルダージ地区の一角

Brasil

イグアスの滝、ブラジル側より撮影

リベルダージ駅前の様子

エドゥアルド・フクシマ、
彼の自宅スタジオにて

Bolivia

サンフアン移住地キャンプ、明け方の様子

（中右）サンフアン移住地の入口看板（中左）オキナワ第一移住地にある鳥居（下右）オキナワ第二移住地のヌエバ・エスペランサ学校（下左）オキナワ移住地の入口看板

日本人上陸の地とされる土地

（中右）ルレナバケへ向かう途中、車が川を渡っている様子（中左）共同墓地内に立てられた慰霊碑

（右）ルレナバケ日本文化祭開始直後の会場入口で、来場者を出迎える女性たち（左）ルレナバケ日本文化祭前日の巻き寿司の準備の様子

越えていく人

——南米、日系の若者たちをたずねて

神里雄大

亜紀書房

装　丁／大原由衣
カバー写真／著者

目次

1 Perú ペルー 9
沖縄 11
ペルーに生まれて 23
ステージの上 31

2 Argentina アルゼンチン 43
ファン一家 45
出生地主義 62

3 Paraguay パラグアイ 67
ブエノスアイレス↓ラパス移住地 69

サッカーを遊ぶ 80
若者たちへのインタビュー 84
蜜蜂の巣箱 133

4 Brasil ブラジル 143

港町サントス 145
サンパウロとサッポロ 154
ヨシオさん 163

5 Bolivia ボリビア 185

低地ボリビア 187
キャンプ 202

めんそ〜れ 210
沖縄の人だもん 222
飲み会にて 246
ボリビア大移動 253
ルレナバケの日本祭り 261
リベラルタ、旅のおわり 268

en Kyoto 京都にて 295

謝辞 304
参考文献 307
初出 310

越えていく人

――南米、日系の若者たちをたずねて

1 Perú

ペルー

Ecuador
Brasil
リマ
Perú
ペルー
Bolivia

沖縄

今日はイベントがあって、それに呼ばれてる。ペルーに関するイベントということで、ペルー生まれだから、呼ばれている。生まれただけ、そのあとは基本的に川崎に住んでる。そもそも東京近郊で生活しながら語れるペルーのことは、極個人的なことしかない。聞いてくれる人がどれだけ興味があるのかわからない。

一一歳のときに最後に会った、ばあちゃん、たまに旧かなづかいで手紙が来て、書いてあるのは、「会いたい」。

弟が生まれるとき、一九八四年、百合丘のアパートにばあちゃんは来てくれた。ぼくの世話をするために。弟はばあちゃんのことを覚えているのか。そのときのことぼくはなにも覚えてないよ。

ばあちゃんは、もう八〇過ぎ。じいちゃんと結婚して、沖縄からペルーに渡った。まだ沖縄がアメリカだったとき。ばあちゃんはふだんはたぶんスペイン語しかしゃべっていない。でもぼくが行ったら、日本語でしゃべってくれるはず。

一九八四年、百合丘のアパートにばあちゃんは来てくれた。ペルーから飛行機で。アメリカで乗り継ぎ、成田に降り立ち、百合丘まで来てくれた。一九八四年、二歳。そのときのこと、ぼくはなにも覚えてないよ。

ばあちゃんは百合丘まで来てくれた。

ぼくは行ってないのに。


上演用テキスト『ペルーのこと』／二〇一三年

写真家の石川直樹さんのイベント「The Seven Continents」に呼ばれたのは、二〇一三年の三月のことだった。東京の代々木上原のバーで、「今度ペルーで撮った写真のイベントやるんだけど、なんかパフォーマンスやってくれない？」と言われて、ぼくたちはワインをけっこう飲んでいて、酔いの勢いで引き受けた。

ぼくはマチュピチュやナスカの地上絵などで有名な南米ペルーの首都リマで生まれ、生後半年で日本にやってきて、神奈川県で育った。現在は東京と京都を拠点に劇作家、舞台演出家として活動している。

1 Perú ペルー

石川さんとどういう経緯で知り合ったか記憶がないのだけど、とにかく自分の出自にペルーがあることで彼から声がかかった。ペルーに関するパフォーマンスということで、馴染みの俳優に加え、いつもは人前に出ることのない自分も出演することにした。

ペルーを自分に引きつけて話そうとすると、ふだん自覚していないことがわかるもので、ようするに自分には語れることがほとんどなかった。リマには祖母や、祖父のきょうだい、親戚たちが住んでいたが、ぼくは小学六年生のとき祖父の葬式へ出席したのを最後に、その後二〇年間近くリマに行ったことはなかった。東京の観客の前で、ペルー生まれの劇作家として、いまもリマに住み、あれからずっと会っていない祖母のことを、自分の頼りない記憶をたどって話すことしかできなかった。台本を書きながら、練習をしながら、そして本番中に、とてもかなしく悔しかったのを覚えている。

ぼくはこのときちょうど三〇歳で、ひまさえあれば国内外の行ったことのない場所を訪ねていた。それは、首都圏からほとんど出なかった二〇代を送っていたことへの反動だった。東京がすべての中心くらいに考えていた時期を脱して、行く土地土地のいろんな人たちと出会うことで、自分の固定概念を破壊し、作家としての視野をひろげたいとか、そういう出会いが作品のアイデアになるかもとか、そんな期待を持つようになっていた。そうやっていろんな場所に行くことが日常化し、「本来知っているはず」だけどずっと行っていない場所にも行ったほうがいいんじゃないかと思い始めていた矢先に、このイベントがあった。

生まれた場所についてなにも話せなかったこと、二〇年という短くない歳月、祖母をペルーに置き去りにしてきたような気まずさなどに背中を押される思いで、舞台公演がしばらく落ち着くタイミングに、ペルーを訪ねることにした。そうしないといけないと思った。

同年の七月、演劇公演のツアー最終地だった鹿児島からぼくは沖縄へ向かった。ペルーに行く前に、沖縄にも行く必要があったのである。

ペルーの祖母は沖縄本島北部の大宜味《おおぎみ》村出身で、ペルーで死んだ祖父の家系も大宜味村に由来していた。

祖父の両親、つまりぼくにとっての曽祖父母は、大正時代にこの大宜味村からペルーに移民した。「ペルー日本人移民データベース」[註1]によると、曽祖父母はべつべつにペルーに渡ったらしく、沖縄で結婚したのち、曽祖父だけが先にペルーへ行き、数年後に妻である曾祖母を呼び寄せたようだ。

祖父やそのきょうだいたちはペルーで生まれた。長男だった祖父は、沖縄の教育を受けさせるという曽祖父母の方針で、一二歳のときに来沖している。一九四〇年、太平洋戦争開戦直前、ペルーから最後の日本行きの船に乗ってきたらしい。本家である伯父（曽祖父の兄）の家に彼は住むことになった。そして終戦後、近所に住んでいた祖母と結婚し、ぼくの父親が生まれた。

父親が小学校の一年生を終了した直後、祖父はそろそろ戻ってこいというペルーからの要望に応えるかたちで、祖母と父親、生まれたばかり叔父を連れてペルーへ戻った。一九五六年のことである。父親はペルーで大学まで行き、当時の日本国文部省の留学制度で北海道大学に来て、母親と知り合った。母親は札幌生まれ札幌育ち。結婚を機にふたりはペルーへ移り住み、一九八二年にぼくが生まれた。だが、生活習慣や諸々の事情から母親はペルーの生活に馴染めず、生後半年のぼくを連れて日本に帰国することにした。父親も数ヶ月遅れで日本にやってきて、仕事が見つかった関東に家族で引っ越してきたというわけである。

と、うちの父方のファミリーヒストリーはややこしい。曽祖父が沖縄、祖父がペルー、

---

1 ペルー日系人協会とJICA横浜海外移住資料館による共同プロジェクト「Pioneros―ペルー日本人移民データベース（1899〜1941）」。一八九九年から一九二三年にかけて契約移民として渡航した一万八七二七人全員と、一九二三年から一九四一年にかけて自由移民として渡航したうちの一部、二三四八人について、氏名、出身都道府県、乗船した船の名前、ペルーへの到着日（不明のものについては神戸、横浜の出港日）、配耕地名などを掲載している。http://dji.jomm.jp/jp/index.html

父が沖縄、ぼくがペルーと、出生地が沖縄とペルーを行き来している。そういうわけで、ペルーに行くには沖縄を通らないといけない気がした。祖母に会うのに、沖縄には行った記憶がほとんどないなんて言えるわけがない、というのもあった。

沖縄には、たしか中学生のころに父親と弟と三人で行ったのが最後で、やはり二〇年近く足を運んでいなかった。自分に関係のある場所と捉えていなかった。機会がなかったのもあるが、沖縄についてまわるリゾート的イメージも、ずっと自分を沖縄から遠ざけていた。

父親はぼくの沖縄行きを聞いて、四、五人の親戚の連絡先を教えてくれた。親戚は大宜味村のほか、那覇や名護にもいた。父親は仕事の関係で、一年の半分くらいは中南米に行く生活をしており、ぼくと弟を連れて行ったのを最後に沖縄には行っていないはずだった。沖縄にまだ親戚がいたということよりも、年賀状も母親に任せて親戚付き合いも少なそうだった父親が、その連絡先を持っていたことに驚いたのだった。

沖縄で会った親戚たちはぼくの存在を知っていて、彼らはこれまでぜんぜん現れなかった人間を親族として受け入れることをあまり気にしていないようだった。ぼくにとっては初めて会うつもりの、けれど自分を知っている人たちと会って、近況報告のようなものをしたり、おたがいの家族の話をしたりした。

名護市街地の、大きいガジュマルの木が立つ交差点の近くに、ペルーに住む祖母の妹のYさんが住んでいた。Yさんは、ぼくの記憶のなかの祖母と瓜二つだった。祖母とはたまに国際電話で話をしているようで、ぼくが訪ねたあのときもYさんが祖母に電話をかけ、「あんたの孫が遊びに来たよ」と伝えていた。

Yさんの夫が運転する車で、国頭郡《くにがみ》大宜味村に、ぼくは生まれて初めて行った。祖母とYさんの旧姓は「大嶺《おおみね》」といった。北部の山間を抜け、やがて海岸線を走る気持ちのよい国道を行くと、大宜味村の道の駅[註2]があって、その食堂で豆腐チャンプルーを食べた。そこからさらに数キロ先の、国頭村との境にある田嘉里《たかざと》地区が、大嶺家や神里家があった集落である。

芭蕉布で有名な喜如嘉《きじょか》地区を通り過ぎ、すこしカーブしたところにある信号もない道へ入ると、「国頭村」という表示があった。道はすぐに「国頭村」方面と、表示のない小道に分かれていて、ぼくたちは表示のないほうに行った。車がすれ違うのもひと苦労という狭い道だったと思う。

のどかな田園風景とは不釣り合いに落書きがされたバス停を横目にあぜ道を行くと、両

2　現在は津波地区に、新しい道の駅「おおぎみ」もできた。

脇に集落が現れた。これが田嘉里だった。四〇〇メートルほどだったか、道沿いに家が続いていた。裏には酒造所もあるそうだ。車が数台路駐していて、小さい子どもたちが遊んでいた。途中に一軒、売店があった。そこからさらに二〇〇メートルほど行くと正面に空き地があり、そこで道はふた手に分かれた。この空き地に、かつて大嶺家の屋敷があったらしい。

空き地は石垣で囲まれ、その入口はロープでふさがれていた。背の低い木々が生え、なかにはシークヮーサーの木があり実がなっていた。土地の真ん中に、枯れそうな柿の木が一本、ほかよりも背が高くぽつんと立っていた。この木にブランコをかけて、子どものころの祖母たちは遊んでいたのだという。この空き地は現在村が管理していて、かつての屋敷の、ここが台所だったとかここが便所だったとか、そういう話をYさんがしてくれたものの、ぼくはへーとかほーとか言いながら、ほとんどピンときていなかった。

空き地を正面に見て、右側の道をほんの一〇〇メートルも行かないところに、かつて神里家のものだったという一軒家があった。その家には、いまは沖縄の有名な歌手が住んでいるらしかった。ペルーから来た祖父と祖母は子どものころ、目と鼻の先に住み、幼馴染のような関係だった。

地球の反対側からやってきた祖父は、この小さい集落でどのように見られたのだろうか。

突然現れた一二歳の男の子に、集落の人たちはなにを話しかけたのだろう。Yさんがすんなりぼくを受け入れたように、祖母もそうしたのだろうか。ずっと会っていない祖母と、もう亡くなってしまった祖父がその子ども時代に、この土地でどうしていたか想像するのはむずかしかった。

空き地手前の分かれ道を左側にしばらく行き、ゆるやかな上り坂をすこしだけ登ると、すぐに下りの脇道が出現する。その下り坂の先に、神里家「本家」の娘であるSさんが住んでいた。ぼくの祖父のいとこである。祖父は同じ家で、Sさんときょうだいのように過ごしたらしい。

Sさんの家の奥の仏壇にはSさんの父、つまり、ぼくの曽祖父の兄にあたる人の写真があった。

ぼくは写真に向かって手をあわせ、口に出さずに自己紹介をした。ぼくはあなたの甥っ子の孫にあたるので、あなたの親族だと思っていいのでしょうか。ところでSさんの父の上には、異母兄弟の長男がいて、彼はカナダかどこかに行ったまま消息を絶ってしまったらしい。そういう事情もあって、Sさんの父が神里家では長男のポジションで、ぼくの曽祖父、「勝富」は次男に相当した。

Sさんはぼくの母親のことも知っているようだった。娘さんたちといっしょに、札幌で行われたぼくの両親の結婚式にも出席したと言っていた。そして、ぼくが赤ちゃんのときのことも知っているという。不思議なものだなと思った。そんな人たちのことをぜんぜん知らなかった。

ベッドから起き上がり、どっしりと座るSさんは九〇歳を越え、耳は遠くなっていたが、意識ははっきりしていた、と言ったら失礼だが、記憶はたしかなようだった。勝富の曾孫が来たことをとてもうれしがってくれた。小一時間ほどSさんと話し、また来ますと言って、ぼくとYさんたちは彼女の家をあとにした。いっしょに住んでいるSさんの娘さんが、「いつでも来てね」と笑顔で言うので、これは本当にいつでも来ていい感じの笑顔だなと思った。なんの努力もせずに、彼女たちの家に上がり込み、話を聞いたり、自由気ままに歴史に思いをめぐらせたりすることができる権利を得た気分だった。実際、このあとも何度か沖縄へ行くたび、ぼくはSさんの家を訪ねたが、彼女は昨年（二〇二〇年）老衰のため亡くなられた。ご冥福をお祈りしたい。

ハイビスカスがそここに咲き乱れ、鳥が木々の隙間から羽ばたくのを見ながら、ジャングルのなかのような坂道を来た通りに戻り、あの空き地を通り過ぎて、売店でおみやげに田嘉里酒造（二〇一七年に「やんばる酒造」に社名変更）の泡盛を買って、それから大嶺家の墓参りに行った。

山とさとうきび畑に挟まれた道の途中に墓はあった。

生い茂る雑草をかき分けると細い道が現われ、それを上がり墓にたどり着く。墓前に一〇畳くらいのスペースがあり、角に竹ぼうきが置かれていた。

墓はさとうきび畑を望むように、山の斜面にめりこんでいた。ここに代々の先祖が眠っている。すべてを取り込もうという出で立ちの墓は、女性器を表しているのだそうだ。生まれたところに帰る。生きているものたちは、その前で掃除をし、食事をする。

毎年四月にある清明祭《シーミー》はもう終わっていたのでこのとき宴会はせず、というかそんな習慣すらぼくは知らなかったが、敷地や細道を掃除し、墓を水で洗った。Yさんは、「子孫が初めてやってきました」と墓に向かって言った。

あれからもう時間が過ぎてしまった。いろんな記憶や景色がおぼろげだ。けれども、さとうきび畑が素晴らしく青々と並び、その景色と墓のあいだに立ったとき、いままで自分に関係なかったその土地を、必死に自分と結びつけようとしていたことを覚えている。ぼくという人間がどうであれ、祖母や父親や自分につながる人たちがここに眠っているのだとすれば、自分にとってもそれは重要なことのように感じられた。

祖母の望みはぼくが墓参りに行くことだったらしい。これでペルーに行く準備は整った。

掃除をして、お墓にはじめて手を合わせる
そうすればおれだって血のつながりを感じることができた
いるかな先祖は、この墓に
わたしはあなた方の子孫
ずっとさまよっていた、太陽のしたで――
かんかん照りの太陽
雲隠れの太陽
押さえつける太陽
赤く染まった土のうえ
神妙な気分になって揺れる畑を背にして
黙祷
すべての人に

戯曲『＋51アビアシオン，サンボルハ』／二〇一五年

ペルーに生まれて

ぼくが通った大学には全国から学生が集まっていたから、自己紹介で出身地を言う機会が増えた。高校生まではほとんどそういうことはなかった。出身地というのは、出生地のことなのか育った場所のことなのかいつも迷う。生まれたところと育つところは大抵同じ場所の人が多いのだろうか。だからぼくは、いつも「生まれはペルーです」と言う。「育ちは神奈川の川崎市です」。

多くの人はそれを受けて、たいてい次のふたつの質問をする。

「ペルーにはどのくらい住んでいたの？」

「血は混ざっているの？」

自己紹介のたびに聞かれると言っていい。いまや質問されるより先に身構えるようになっている。きっとこの人もそうやって聞くんだろうなと、自己紹介をしながら思ってしまう。初対面で、なぜ人の「血」について聞けるんだろうか、躊躇はしないのか。

「生後半年で日本に来ました」と言うと、質問者はがっかりしたような顔をする……気がする。なぜだかぼくも、期待に応えられず申し訳ない気持ちになる。

はたして、この血は混ざっていないのだろうか。彼らが聞いてくる、混ざるというのが、「日本人」と「ペルー人」との血のことを指しているのはわかる。ぼくの顔は比較的彫りが深くて、まつ毛が長い。眉毛も濃い。でも、誰と比較して？

「ああ、ペルー生まれだからか（その顔は）」というふうに言う人もいる。でも、それも間違いだ。彼らが言うところの、ペルー人の血はぼくの身体を流れてはいない、たぶん。たぶんというのは、そう言っておきたいから言っただけ。

血の話ならば、ぼくは「北海道と沖縄のミックスです」と最近は回答するようにしている。そもそもペルーはもともとが移民国家で、いろんなところからやってきた人たちが集まり、ペルーという国や文化を作ってきた。そのなかには日本人もいる。だから、「〇〇の血」ということに意味はない気がする。全身の血液は約四ヶ月で入れ替わるらしい。だから血が混ざるもなにもないわけである。そしてそういうことを聞かれているわけではないことも、もちろんわかっている。

ぼくはこういう話を毎回のようにしている。顔が濃いのは沖縄系の家系だからなんじゃないかな。沖縄に行くと、ぼくみたいな顔の人がたくさんいて、つながりみたいなものを感じなくもない。でも、そんなことどうでもよくないか？　あきらめの気持ちもある。

そんな説明を延々としたあとでも、「じゃあなぜペルー生まれなの」と聞いてくる人もいる。

日本人がほかの国に移民したという事実をそもそも知らない。そしてその事実を伝えても、肌感覚で理解してもらえない。えらそうな顔をして、日系移民の歴史を語ることはできないけれど、できればもうすこし興味を持ってもらえたらと心から思う。

この本では、ペルーに限らず、アルゼンチン、ブラジル、ボリビア、パラグアイと、日系人が一万人以上住むとされる国々を取り上げる。はじめに、かつての日本人たちはどうして南米に移住したのか、その経緯をざっと見ておきたい。かつての日本はいわゆる「移民排出国」だった。

明治維新以降の日本では、爆発的に人口が増えた。理由はいろいろある。たとえば公衆衛生の水準が向上したとか経済発展とか。統計によると、一八七二年（明治五年）に三四八〇万人だった人口は、明治の終わりには五〇〇〇万人を超え、四〇年間でおよそ一・五倍増加している。一九三六年（昭和一一年）には六九二五万人と明治初期の二倍に達した。わずかに六〇年間ほどのことである。

社会の構造が急激に変化していくなか、農村部を中心に働き先が足りなくなり、貧困が問題になっていった。そして、その解決策として考えられたのが、出稼ぎ労働者としての海外渡航だった。政府はそれを積極的に推進した。北海道の開拓も同様の理由からきているという。

明治元年の一八六八年からすでに、日本人は働き口を求めて海外に出ている。最初の場所はハワイやグアム。その後、アメリカ本土やカナダ、中南米、オセアニア。アジアではフィリピンや満州、朝鮮半島や台湾といった植民地へと、日本政府は移住者を送り続けた。

敗戦後は旧植民地から本土への引き揚げが始まったが、日本には国内の人口を支えるだけの経済力も食糧もなかったため、またもやこの「過剰人口問題」の解決として、日本政府は南米各国と移住協定を結び、農業移民を送ることにしたのである。南米への集団的な移民は高度経済成長期前期まで続いた。

「南米秘露《ペルウ》國行　契約移民募集　人員に限あり希望者は至急申込あれ」（東洋移民合資會社）

「さあ行かう　一家をあげて南米へ」（海外興業株式會社）

話は戻るが、ぼくは演劇作家として、周りの作家との違いをつけたい、というけっこう浅はかな理由で、自分のプロフィールに「ペルー生まれ」と記している。たまに雑誌かなにかのインタビューを受けることがあるが、そのインタビューが二時間くらいだとしたら、始めの一時間はそういうぼくの生い立ちの話、そしてようやく作品のこと、と進むパターンが多い。そうやって自分の「特殊な」生い立ちを利用してきたのだから、そのことでグチグチ言うのは筋違いだ。珍しさというのは、いちいちその説明をしなければいけないということでもある。事実を話すしかない。でも、正直めんどくさい。

ところで、くり返し自分の生い立ちの話をしていると、だんだんと記憶が上書きされて、それが以前話したものと異なっていく。記憶は更新されていくものだというのを実感する。過去に受けたインタビューで話していることと、最近のインタビューで話した内容が微妙に違っている、みたいなことが起きている。そして、本当の記憶がどういうものだったのか、わからなくなってしまう。

同じ話を同じように語ることはできなくて、いつでも「いま」から取り出さなくてはいけない。体内をめぐる血がどんどん入れ替わっていくのと同じように、現在から見る過去もどんどん更新される。それを楽しむことができたら。

更新されるといえば、ぼくの名字である「神里」も変化している。いまは「KAMISATO」と読む。だが、曽祖父が沖縄にいたころは、どうやら「KANZATO」と読んでいたらしい。しかし、リマにある曽祖父のお墓には「KAMIZATO」と彫られていた。旅券の取得段階で、表記がそう変わってしまったみたいだ。いっぽう、先述の「ペルー日本人移民データベース」で検索すると、曽祖父の名前は、「KAMISATO」で出てくる。これは、ペルーを含む南米の多くの国で話されるスペイン語で、SとZはどちらも同じサ行の発音になることから起きているのだが、「KAMIZATO」となっている曽祖父のお墓に対し、曽祖母や祖父のお墓は「KAMISATO」となっていて統一感がない。

こういう話は、移民あるあるという感じらしい。たとえば千野さん。もともと「CHINO」と読んでいたが、スペイン語でCHINOは、「中国人」や「中国の」(英語のChinese)という意味を持つ。

「おまえの名前はなんだ」
「CHINO」
「中国人なのか」
「いや、日本人だ」
「じゃあおまえの名前はなんだ」
「CHINO」

ややこしいので、千野さんは読み方を「SENNO」に変えたとか。

ほかにも、たとえば能勢さんの読み方は「NOSE」。スペイン語でNO SEは、"I don't know" わかりません、という意味だ。

「おまえの名前はなんだ」

「NOSE」

「自分の名前がわからないわけないだろう」

「だから、NOSE」

名字でも名前でも、それは他人に呼ばれることで存在価値を持つ。だから、人や環境が変われば名前も変わるというくらいのもののようだ。それはなかなか希望の持てることだと思う。名前が変わっても先人たちはなんとかやってきた。「血は混ざっているの?」という質問に対するぼくの反応も、どんどん変わっていけばいい。

ぼくには「雄大」のほかに、「Julio」という名前もある。スペイン語読みで「フリオ」という。七月生まれであること、祖父も同じ名前だったことに由来する（Julioはスペイン語で七月の意味）。ぼくのペルーのＩＤには正式な名前として、「Yudai Julio」と書いてある。

雄大は、そこまで言いにくい音の名前でもないと思うが、スペイン語圏にはない名前なので、なかなか覚えてもらえないこともある。そういうときには、Julioと呼んでもらうようにしている。Julioはスペイン語圏ではよくある名前で、すぐに通用するから便利だ。

場所や人間関係で呼ばれ方は変わる。名字で呼ばれたり名前で呼ばれたり、あだ名だったり。重要なのは、呼ばれ方が違えば、自分の感覚も変わるということだ。ぼくの場合、雄大と呼ばれると、自分のことを日本人だと感じるし、いまやJulioと呼ばれるとペルー人であると思うことがある。相手や環境によって、自分の意識も変わっていくというのは、なにも特別なことじゃない。

ステージの上

わかめ
こんぶ
カレー粉
静岡茶
母から祖母への手紙
日本のカレンダー
つめられるだけをつめた、スーツケース
リマに着くと、真夜中だった
二月、南半球のペルーは真夏をむかえている
迎えが来ているはずだった
真っ黒な通路をすり抜け

友好的な入国審査の笑顔、二分で終わる
荷物検査も簡単にスルーし
日本旅券の権力にくらくらする
出口に向かう
薄暗い港内では
出発準備の人
見送りの人
出迎える人
到着したわたし
などがごったがえし活気に溢れている
親戚のだれかが来ているはずだった、けれどだれが来ているかわからない
会った記憶のないわたしを知っていると主張する、だれかが声をかけるはずだった……
(だれもいない) ひとりだった
さまよう、それから立ち尽くす
生まれ故郷でわたしは無力だ
外に出てタバコを吸うと、タクシードライバーたちは流暢な英語で話しかけてくる

1 Perú
ペルー

断っても断っても荷物の多さは変わらない
空は暗く、それでも曇りなのがわかった
空気を吸って、駐車場とガソリンの匂いと音のあいまに
ことばがわからないほうの故郷の、生臭く乾いた匂いを感じる
立ち尽くす、タクシードライバーたちの英語はせわしない
もう少し、わからない
けれど懐かしい音と匂いにひたらせてほしい

戯曲『+51 アビアシオン, サンボルハ』/二〇一五年

生まれ故郷のペルーの首都リマに行くことが叶ったのは、二〇一四年一月のことだった。生まれてから数ヶ月を過ごしていたという祖母の家に滞在することになっていた。家の塀は高さが三メートルくらいあって、その上には有刺鉄線が張られていた。分厚い扉には、二重に鍵がかかるようになっていて、二〇年前の記憶にあったものとそう変わっていないと思った。扉を開けるとそこは中庭で、小ぶりの琉球桜の木や薄紫色に咲くアジサイが目に入ってきた。葉っぱが通路をふさぐように飛び出していた。壁際には、ひな壇のように積み重ねられた名前もわからない多肉植物の鉢植えの数々があった。植物たちに囲まれた

通路を進むと、見覚えのある茶色いドアの玄関があった。

玄関入って右側すぐに客間、それに続いて居間。祖母や親戚へのお土産が入ったキャリーケースを玄関脇に、自分の着替えが入ったバックパックを客間の花柄のソファの横に置いて、居間のテーブルにつき、部屋を見回した。壁の色も、飾られた賞状やトロフィーの感じも、額に入れられ壁にかけられた曽祖父母の写真も、見た記憶のあるものだったが、その空間は思っていたよりも狭い気がした。テレビはわりあい最近の薄型のもので、その横にぼくや弟、いとこたちの写真が飾られていた。子どものころの記憶は、子どもの身体の大きさを元に残っているのだった。もっとだだっ広い居間にテーブルが置かれているイメージだった。

インターネット環境もなく、治安面での心配というよりも祖母が心配するからという理由のため、夜に外出することもなく、毎日だらだらと過ごした。片道二四時間以上かけて、超ひさしぶりにやってきた「生まれ故郷」で、そんな毎日を送ることに罪悪感を覚えもしたが、遅くまで居間で祖母といっしょにNHKの衛星放送を見たり、昼過ぎまで寝ていて祖母に起こされたりすることが、ある種のおばあちゃん孝行になるんじゃないかということにして、その怠惰な日々に身体を任せていた。

このときのぼくは、数字くらいしかスペイン語を知らなかったので、基本的に祖母はぼくに日本語で話しかけた。でもときどきスペイン語が混ざってくるので、それを理解できないのがうしろめたかった。自分の生まれた場所の言葉を知らないこと、祖母の言うことがわからないこと、そのふたつが混ざったうしろめたさだった。

祖母の言葉で印象に残っているのは、スペイン語でも日本語でも、語尾にやたら「ポエ」がつくということ。ポエポエ言っていてなんのことだろうと思った。祖母には聞けないまま現在に至るが、最近になってそれは「pues」のことなんじゃないかと思う。スペイン語で、「それで」みたいな意味の接続詞で（英語でthenやwellなどのニュアンス）、リマでは語尾のS音がほとんど聞こえないように話されることが多い気がするから、「ポエ」となったのではないか。実際puesをカタカナにすると、プエスよりポエ（ス）と言うほうが音として正しい気がする。祖母のスペイン語は、日本語が混ざり込み、スペイン語を聞こえたままにカタカナにしたような音が多用されていた。ぼくと話すときは日本語多めの言語、ほかの人と話すときはスペイン語多めの言語をしゃべっている。

父親のいとこにあたる親戚のエディが言うには、祖母はあまりスペイン語がうまくないということだった。

祖父は祖母と終戦後に結婚したあと、ペルーに戻るまでの一二年間、アメリカ占領下の沖縄警察局出入国管理部で働いていた。にもかかわらず、ペルー行きについて、祖父は祖母になんの相談もなく決めた、と祖母は笑いながら言った。やれやれ、という感じの笑い。

ペルーに来た当初は子育てに忙しく、学校や家庭教師などを頼りにスペイン語を学ぶひまもなかったから、生活のなかで徐々にスペイン語を覚えた。家のなかでの言語は日本語で、スペイン語を使わずとも生活できる環境があった。だからなんとかなってきたのだろう。そのまま六〇年間、ペルーに住んでいる。

七脚の椅子がある居間のテーブルで、祖母のそんな昔話や戦時中の話などを聞いた。そうすると、日本の歴史が具体的な身体を持った存在として立ち上がってくる気がした。沖縄戦のとき、南部から北部へ人々が逃げてきたという話、みんなで山に逃げ込んだという話、戦後の島に進駐したアメリカ兵とまだ未成年だった祖父がスペイン語で会話をしていたという話などなど。急に無口になって緑茶を飲んだり、堰を切ったように勢いづいて早口になったりする祖母の表情を眺めながら話を聞いていると、その端々に大きな「歴史」が刻まれていることにはっとする。ひとつひとつの話は断片的だけれども、それらが集まると、ずっと生き続ける一個の大きな肉体が垣間見える気がした。

ぼくにとって日本人移民の社会や歴史は、父親がペルー育ちであることや、ぼく自身がペルー生まれであることなどから、それなりに聞くことはあった。小学生のころ父親の仕事の関係で南米パラグアイに住んでいたこともあったし、日系人という存在は近くにあった。けれど、それはいつのまにか単なる言葉になってしまっていた。ただの情報、もしくは実体がないもの。人々の所作が積み重なっているという実感はなく、学校の授業で記憶させられる年号や出来事などと大差ないものになっていたと言っていいかもしれない。自分もそんな歴史の一部であるはずなのに、それを忘れてしまっていた。

リマで毎日を過ごし、祖母と話し、親戚に会い、ほかの日系の人たちと出会うことで、歴史というものが、生身の人間が連綿とつないできたものとして、手触りのある現実感を携えて自分に迫ってきた。

リマに着いてから三週間くらい経ったころのこと。そのあいだに知り合った日系ペルー人の若者に車を出してもらって、ペルー沖縄県人会の「OKINAWA MATSURI」（以下、本文中では沖縄祭りとする）に参加した。

ペルーには日系人が少なくとも八万人いると言われており、その七割が沖縄出身者とその子孫とのことである。

沖縄県人会はリマの郊外に広い土地のある会館を持っていて、そのグラウンドにこの祭りのための特設ステージが設置されていた。向かい合う客席エリアの周りを、数々の出店《でみせ》が取り囲んだ。県人会の下には、さらに（移住一世の）出身地ごとに市町村人会が組織されていて、それぞれの会が、うどんや焼き鳥屋、日本食材やお菓子の売店、オリジナルT

シャツを売る店などを開いていたのである。沖縄らしいものというよりは、いわゆる日本らしいものが並んでいる印象だった。

ぼくは大宜味村人会の人たちを紹介してもらい、あいさつをすると、せっかくだからと催しものの一部を手伝うことになった。村人会の人たちはみんな祖母のことをよく知っていて、元気か聞いてきたが（祖母はこの祭りには来なかった）、彼らのほとんどが日本語を話せなかったので、なにを言っているのか細かくはわからなかった。

特設ステージでは、沖縄系バンドの曲を若者たちが大音響で演奏し盛り上がっていて、ステージの正面に並べられたパイプ椅子に二世三世くらいと見られる老人たちがずらっと座ってそれを見ていた。彼らは音楽を聞いているようないないような、最近の音楽はわからんという顔をしているようなしていないような感じで座っていて、あるいは居眠りをしていて、ステージ上の盛り上がりとのギャップがおもしろかった。ぼくや若い客たちは、屋台と老人たちのあいだのスペースに立ってステージを見ていた。祖母と同じく、年の分だけ歴史を積み重ねてきた老人たちを、現在の沖縄や日本に思いを巡らせる若い衆が取り囲むその光景はそのまま、ペルーに生きる日系社会の層の厚さのようにも感じることができた。

若者たちは始めの数曲を沖縄のバンドの有名曲の演奏にあてると、それが免罪符であるように、のこりの時間はペルーで流行っているらしいロックや自作の曲などを演奏していた。彼らの出番が終わると、三線をやる人たち、女性たちによる寸劇、ペルーの伝統的舞踊を踊るカップルなどが次々に登場した。そのなかでも印象的だったのは、「琉球國祭り太鼓ペルー支部」のエイサーで、沖縄らしい顔立ちの若者に混じって、おそらく日本にルーツを持たないであろう現地の若者たちもたくさん参加し、太鼓を叩き、大きく足を上げて大地を踏み鳴らしていた。

トリを務めたのは沖縄からゲストで呼ばれた「ディアマンテス」で、このバンドのボーカルであるアルベルト城間はペルー出身の三世。彼らのステージを老若男女、沖縄系もそうでない人も、近所の人も遠くから来た人も、みんなで見て、歌った。アルベルトは沖縄県人会では誰もが知るヒーローらしい。途中から祭り太鼓のエイサーチームも加わり、最後にたくさんの観客もステージに上がって、「OKINAWA LATINA」をいっしょに歌って踊って、祭りは終わった。

ぼくは高揚感でいっぱいになって、祭りが終わり人々が引き上げるその前に、大宜味村人会の人たちと集合写真を撮った。雰囲気は和やかでありながら、日本では見たことのない「日本文化」がそこにあった。それは、文化が海を越え、長い年月を過ごし現地の文化と融合するという、そんな残り方で刺激的だった。

日本からペルーへの集団移民は、南米では一番早い一八九九年に始まり、二〇一九年に一二〇周年を迎えた。

いま、ペルーに暮らす日系人の多くは、日本語をほとんどしゃべることができないと言われている。第二次世界大戦の戦中、ペルーの日系人たちは日本語の使用、日本語新聞の発行や集会を禁止され、多くの家庭で言語の伝承は途切れてしまった。いや、もしかすると戦争などなくても、一〇〇年を越える時間のなかで、先祖の言葉は徐々に消えていくものかもしれない。そのことを、ぼくはこの沖縄祭りより前、かなしいことだと感じていた。

しかし、同じ村にルーツを持つ人たちと出会い、ステージ上で楽しそうに演奏したり飛び跳ねたりする若者たちを見て、もしかしたらこのなかに自分もいたかもしれない、ということをぼくは生まれて初めて考えた。ぼくも友だちとスペイン語でしゃべり、彼らのように日本の音楽を聞いたり歌ったりしていたかもしれない。琉球國祭り太鼓ペルー支部に所属し、エイサーを踊っていたかもしれない。学校や職場でスペイン語を話しながら、日系社会の未来について議論していたかもしれない……。

そうやって想像すると、ペルーは遠い場所ではないように思えてくる。確実に自分とつながるところなのだ。

人間は自分の生まれるところや環境を選べない。たまたまペルーで生まれそこで育つ、という可能性がぼくにはあった。いや、ぼくだけではない。たとえば世界最大の日系社会があるブラジルでは、四七都道府県それぞれの出身者がペルー沖縄県人会のように組織を作っている。かつて日本人移民たちは全国各地から外国に出たのである。つまり、日本に住む人は誰でも、日本からは遠い、かの地に生まれ、もしくは育っていた可能性があったと言うことだってできるのではないだろうか。

半世紀前まで移民を送り出していたこの国は、その記憶を失くしてしまったみたいだ。移民という言葉はいまや、外からやってくる人たちに当てられている。まるで自分たちには関係ないかのようでもある。

だが、これからの世界で「移民」と無関係にいられる人などいるのだろうか。人々はどんどん移動し、境界を越えていく。日本では漠然としたイメージでしか語られない日系人のことを、ぼくたちはもっと知るべきではないか。親や祖父母たちが、いつかどこかに移住していたかもしれない。あるいは自分たちだってこれから移住して、子どもが外国で生まれたり育ったりする可能性だってある。

もしかしたらべつの人生を送っていたという想像をすること——それはつまり人が積み重ねる「歴史」に思いを馳せることなのではないかと思うのだけど、そういう想像をするためのきっかけに、この本がなったらいいと思っている。

そんなわけでぼくは、自分（たち）と立場が逆だったかもしれない、南米に住んでいる同年代やもっと若い世代に話を聞いてみたいと思ったのだった。

2 Argentina

アルゼンチン

Chile
Paraguay
エンカルナシオン
ポサーダス
Brasil
Uruguay
ブエノスアイレス
フロレンシオ・バレーラ
Argentina
アルゼンチン

ファン一家

ファン・パブロ・タイラに初めて会ったのは二〇一四年二月のこと
ブエノスアイレスの宿に泊まっていたところをパブロは訪ねてきた
パートナーのエミ・オーシロと娘のソエといっしょに

宿近くの喫茶店で一時間話をした
そのころぼくは、スペイン語を理解しなかった
パブロも英語をしゃべらなかった
だから、英語とすこしの日本語を話すエミがぼくたちのコミュニケーションを助けた
そのとき三歳になるソエは、ハローキティのことが大好きで
キティのカバンを見せてくれた
ぼくはその小さな女の子の話す単語さえわからず

とても申し訳ない気持ちになった
ぼくはあのときどんな会話をしたのかあまり覚えていない
記憶はいつも影
おたがいに話題を見つけようとする気まずい時間が流れていたことは覚えている

エミがソエの機嫌を取り始め、
店員がフロアのモップがけをし始め、
ぼくたちは帰ることにした

宿の前で別れたフアンとエミはソエの手をつないで、
近くに停めてあるという車まで歩いていった
夏の日の夕暮れに、ブエノスアイレスの街に消えていく、彼らの後ろ姿を
ぼくは見送っていた

上演用テキスト『いいかげんな訪問者の報告』／二〇一九年

祖母に会いにペルーまで行った二〇一四年、せっかく南米まで来たのだからと、一週間ほどの旅行に出かけることにした。南米の地図を眺めながら、小学生のときに住んでいたパラグアイのアスンシオンに行くことはすぐに決めたが、行ったことのない国にも足を延ばしてみたいと思った。そして選んだのはアルゼンチンのブエノスアイレスだった。アスンシオンから近いとか、その街の名前に憧れたとか、たいした理由からではなかった。行ったことのある国を増やしたいくらいのことだったし、そこでなにができるのかも具体的に考えていなかった。

リマからブエノスアイレス、ブエノスアイレスからアスンシオン、アスンシオンからリマへ周遊する航空チケットを取った。リマからブエノスアイレスまで四時間以上かかるのは意外だったが、南米のパリとも称されるブエノスアイレスの街に行くのは端的に言って楽しみだった。

ブエノスアイレスに着いたのは、真夏の二月初旬の夕方五時ごろだった。エセイサ国際空港は中心部から離れていたので、事前に調べていた通りにシャトルバスに乗り、レティーロというバスターミナルまで向かった。バスでは窓側に座り、車窓から景色を眺めた。車の運転がちゃんと車線に沿っていることにびっくりした。リマでは路線バスも含め、車線などないかのように割り込みがあたりまえだった。リマの滞在はすでに一ヶ月が経過しており、それが日常と化していたから、そのギャップに驚いたのだった。一時間程度でレティーロに着いた。時間は夜七時を過ぎていたと思う。あたりは暗くなっていた。

宿泊の予約をしていたのはいわゆる日本人宿だった。当時ブエノスアイレスにふたつあった日本人宿のひとつで、レティーロからは歩ける距離にあったが、周囲の治安がよくないらしかった。シャトルバスのサービスでは、レティーロのバス乗り場で向かう先のエリア別に分けられたバンに乗り換え、ホテルまで直接送ってくれることになっていた。宿の住所を書いた紙を従業員に見せ、指さされたバンに乗り、一〇分程度走ると、一番目にぼくが降ろされた。同乗の客たちはぼくが荷物を持ってバンから降りるのを見ていた。ぼくが降りると、バンは次の客のホテルへさっさと行ってしまった。

周りにホテルらしい表示は見当たらなかったので、ぼくは焦った。こんな見知らぬ土地でおいはぎにでも出くわしたらたまったものではない、早く宿のなかに入って安心したい。あとで事情を知ったところによると、現地で日本人が集まる場所がおおっぴらになってしまうと強盗に狙われやすくなるため、外からはそうとわからないようにしているらしい。その宿もインターフォンのところに注視しないと気づかないくらい小さく日本語で、宿の名前だったか、もしくは単に「インターフォンを押してください」というような表示があったか、そのどちらかだったと思う。なんとかそのインターフォンを見つけ、いそいで押すと、日本語で返事があったのでほっとしたのを覚えている。

中南米は治安の悪さが影響しているのか、日本人しか泊まることができない日本人宿がいろいろな都市にある。せっかく外の世界に出ているのだから、わざわざ日本人で固まらなくてもいいんじゃないかという気持ちもあるが、あの当時ブエノスアイレスのことなんかなにも知らず、『地球の歩き方』も持っていない状況で安心して滞在するには、その宿に泊まるのは最良の選択肢に思えたのだった。

ブエノスアイレスには四泊した。宿で知り合った人たちと観光地に行ったり、スーパーで買ってきた牛肉を食べワインを飲んだりした。街歩きをして気づいたのは、この街には劇場が多いということだった。宿からの徒歩圏内には、世界三大劇場のひとつと称されるコロン劇場《テアトロ・コロン》や、商業演劇の劇場や映画館が並ぶコリエンテス通りがあった。ブエノスアイレスの夜は遅く、レストランは早くても夜八時にならないと開かなかった。演劇の上演は夜一〇時があたりまえのようで、遅いものになると一二時を過ぎてから開演するものもあった。遅くに出歩くのはすこし怖かったが、ぼくは演劇作家だからという義務感と純粋な興味が混ざった気持ちで、コリエンテス通りで見つけたチラシを頼りに演劇を見に行った。劇場は本屋の二階にある客席が一〇〇～一五〇くらいのこぢんまりとしたところで、座席が古くガタガタいっていた。一二時開演で上演時間は一時間程度だった気がする。そもそも言葉がわからないので、内容を覚えている覚えていない以前の問題なのだが、たしかそれはコメディだった。少人数の俳優がバタバタやっていたはずだが自信がない。たぶん質はあまりよくなかった。

街の中心部はヨーロッパ風の建築と街並みが美しかった。本屋もたくさんあって、歩いていて楽しかった。しかし、ひとけのない路地は危ない雰囲気がし、よく見ると舗道はいたるところがくたびれていた。二〇世紀初頭に栄華をほこったものの、そのあとすぐに没落したアルゼンチンの首都。ぼくはこの街の演劇や映画、書籍など文化に対する情熱、牛肉とワインのうまさ、そしてちょっぴり憂鬱な雰囲気を気に入り、いつか住んでみたいと思ったのをよく覚えている。そしてこの二年後に実際住むことになった。

そんなふうに観光客らしく過ごしていると時間はあっというまに過ぎ、滞在最終日のこと。翌日は早朝に宿を出てアスンシオンへ向かうことになっていたので、夕方まで外をふらふらして宿に戻ったのは一七時くらいだったんじゃないかと思う。帰ってきたぼくを宿のオーナーがつかまえ、「あなた宛に電話が来てたよ」と言った。「親戚だって」。

そのとき思い出したのは、ぼくがブエノスアイレスに来ているのを祖母から聞いた叔父がメールをしてきて、祖母の遠い親戚がブエノスアイレスに住んでいるから会ってみたらいい、と言っていたことだった。ぼくとしては楽しい滞在をあやふやな情報で邪魔されたくなかったし、どこの誰だかわからない人と会うよりも、ステーキを焼いて食べるほうが重要に思えたので、適当に「へーそうなんだ」的な返信をしていた。

宿のオーナーは、「これからその人があなたに会いにここまで来るって」と言った。えー困ったなと思うかどうかのタイミングで、宿のインターフォンが鳴り、心の準備もなにもないまま、ぼくはその遠い親戚と対面を果たした。

玄関まで行くと、ぼくより背の低い男性とその妻と思しき女性、さらに小さな女の子が立っていた。男性の名前はフアン。彼は短髪の髪の毛がやや薄くなっていて、丸いメガネをかけ、ヒゲをもみあげから口の周りまでびっしり生やしていた。女性のほうはエミといい、ふたりの娘は三歳になったばかりのソエだった。宿の外で会ったときのことは、緊張のあまりほとんど覚えていないのだが、一時間くらいしか時間がないということで、近くのカフェに行って話すことになった。フアンは日本語はもちろん英語もまったくしゃべることができず、当時のぼくはスーパーの買いものすら満足にできないほどスペイン語を解さなかったので、日本語も英語もそれなりに話せたエミが通訳をしてくれた。エミはフアンと同じく沖縄系の日系人で、彼女は沖縄に研修に来たことがあるらしい。

なんの会話をしただろう。日暮れの路地が見える窓際のテーブルについて、ぼくたちはコーヒーを飲みながら、おたがいの生活のことを話したはずだ。ソエはぼくのことなど興味もないようで、エミに向かってお気に入りのハローキティのおもちゃを見せていた。

ファンは、ぼくの祖母の、いとこの孫だった。エミとファンとぼくの三人は、その遠さに笑ったが、ぼくたちは同い年、生まれ月も同じ七月で、それを知ったエミが「たしかにふたりはなんか似ているね」と言った。太平洋戦争後に、ファンの祖父母は沖縄からアルゼンチンに移民してきたそうである。彼はぼくの祖母にも叔父にも父親にも会ったことはなく、そもそもアルゼンチンから出たことはないのだという。不思議な感覚だった。初めて来た場所にいる、同い年の親戚。遠い関係とはいえ、他人ではなかった。エミの言うようにたしかにちょっと似ているところがあるように思った。顔つきもそうだが、ちょっと斜に構えた感じというか、彼がするふざけたような笑い方を自分もしている気がした。

二年後、ぼくがブエノスアイレスに留学してからは時折、ファンの家に遊びに行った。

彼らが住んでいるのは、フロレンシオ・バレーラ（以下バレーラ）というブエノスアイレスの首都圏近郊の街[註1]で、ファンはそこの生まれだった。バレーラには沖縄系のアルゼンチン人が多く住んでいるそうだ。

アルゼンチンはペルーと同じように沖縄出身の日系人が多く、七〇パーセント以上がそうだと言われている（ボリビアも同様）。ブエノスアイレスの市街地を走る地下鉄のJujuy《フフィ》

という駅を出るとすぐ、在亜《アルゼンチン》沖縄県人連合会の立派な建物もある。なお、海外に住む日系人は二〇一七年現在三五〇万人程度と推定されるということだが、沖縄系だけで三五万人になるそうだ。ちなみに沖縄県の人口は同じく二〇一七年の数字で一四四万人強。

なぜこんなにも多くの沖縄の人たちが外国に行ったのかというと、それは沖縄の置かれた歴史や政治状況、経済問題、地理的条件などが強く影響している。おもな理由として考えられるのは、暮らしの貧しさからの出稼ぎ目的だ。また沖縄では琉球王国時代から、地割制と呼ばれる、土地を集団で共有する制度があり人々は土地に囚われていたが、明治中後期に地割制が廃止されたことにより、土地を売ったり抵当にしたりすることができるようになった。その結果、渡航費を工面することができたというのも大きな理由だそうだ。ほかにも移民組織の充実や徴兵忌避目的などが理由として挙げられる。沖縄からの戦前移民は七万二一三四人で、これは当時の沖縄県の人口五七万四五七九人の一二パーセントを超える割合である。戦後はさらに、沖縄戦の影響も加わり、すでに移住していた家族からの呼び寄せで多くの沖縄人たちが南米へ渡った。

1　ブエノスアイレスと言う場合、一般的には首都ブエノスアイレス自治市を指す（ここでもそれに倣っている）。フロレンシオ・バレーラはブエノスアイレス州に属する地区（ブエノスアイレス市は特別区として独立しているため、ブエノスアイレス州には属さない）。

ところで戦前、一八九九年のペルーを皮切りに、一九〇八年にブラジル、一九三六年にパラグアイと日本から南米への集団移住が続いたが、アルゼンチンのそれは日本政府やその委託を受けた移民会社主導のものではなかった。初めてアルゼンチンに移住した日本人は、一八八六年に入国した牧野金蔵という人物とされている。[註2] 牧野は英国船の乗組員として渡航し、マイケル・キングと名乗り、鉄道会社で機関士として働いた。また、一九〇八年の日本からブラジルへの最初の移民船「笠戸丸」に乗っていた七八一人のうち一六〇人は、ブラジルのサントスに着く前にブエノスアイレスで下船したらしい。ほかにもペルーやブラジルからの（戦後はパラグアイやボリビアからも）転住者も多くいた。

と言うのもアルゼンチンは移民天国として知られ、ビザなし入国者にも寛大であった。たしかにいまでも、不法滞在者に対しての罰金やその後の再入国はとても緩い印象を受ける。そして二〇世紀初頭のアルゼンチンは、世界でも屈指の裕福な国であり、生活物価の安さのわりにヨーロッパ並みの賃金が支払われていたため、移民者にとって魅力的な国だったのだそうだ。

そうやって日本人移民を含む多くの移民たちがアルゼンチンにやってきたが、アルゼンチン経済はその後、凋落の歴史をたどる。広大な土地と資源を持ちながら、二〇一四年から二〇二〇年現在までに九回も債務不履行《デフォルト》を経験し、国民は自国通貨のアルゼンチン・ペソを信用せずドルを持ちたがり、実際に過剰なインフレはいまも続いている。ぼくは二〇一九年にもブエノスアイレスを再訪したが、二年足らずでペソの価値は四分の一になっていた。

それでも街の中心部や繁華街ではいい靴を履き、いい服を着て、歴史的な街並みにあるレストランやカフェで昼からワインを飲んでいる人たちが多かったし、住んでいたとき、街の人々に悲壮感は感じなかった（再訪時はホームレスが街中に増え、治安も悪化したと聞いたが）。

ただ、ブエノスアイレスから電車に乗ってすこし郊外に出ると、建物は色が地味になり、その作りはなんだか雑に感じ、道の洗練されなさも際立ってくる。舗道が土をかぶり、茶色くなっていて、駅前には服や雑貨を売る露店が車道にも飛び出している。そういう光景と比較すると、ブエノスアイレス中心部の華やかさは映画のセットのように滑稽に思えてくるのだった。

フアンの住むバレーラに初めて行ったとき、フアンは年季が入ってエンジンもなかなか

2 アルゼンチンには、一五九六年にすでに奴隷として連れてこられたフランシスコ・ハポンという日本人が確認されている。また、一七世紀初頭にはペルーで二〇人の日本人の居住記録がある。以上のことからも船の難破、漂流などに遭い、奴隷や労働者として南米に来ていた日本人はそれなりにいたと推測される。

かからない車で、ぼくの住む家の前まで迎えにきてくれた。車内でもおたがい様子をうかがうように、スペイン語と英語でなんとか会話をした。バレーラに着くと、そこには木々が道の真ん中に並んでいてそのおだやかさはよかったが、やはり首都との格差を感じずにはいられなかった（念のため書いておくと、首都圏が発展し洗練された雰囲気があるいっぽうで、郊外がそうでもないというのは、ここに限らずよくあることだと思うが、ブエノスアイレスのヨーロッパ的な建築が並ぶ街とのギャップが、その格差を強く感じさせた）。

ファンの家は白い塀に囲まれた平屋で、中庭にはソエのおもちゃが散乱していた。ソエは五歳になり、ぼくのことはおそらく初めて会ったと思っていたのだろう。早口で話しかけてきてくれたものの、まったくなにを言っているのか聞き取れなかったから、適当な動きでごまかした。彼女はそんなぼくを見て、ちょっと不審そうな顔をしたが、かまわず話を続け、それを見たエミがもっとゆっくりしゃべるようにとソエに言った。ソエは「わかったよ」と言って、しかしそれからもゆっくりしゃべることはなかった。ただ、時折「意味わかる?」と聞いてくるようになった。ぼくはその都度、なんとも情けない気持ちになるのを我慢して、「君はぼくのスペイン語の先生だ」と言った。ソエはそれを聞くと恥ずかしそうな顔をした。

日が完全に落ちても家の中から漏れてくる明かりをたよりに、ぼくたちはおもちゃの電車みたいなのに乗ったり、水鉄砲で相手を攻撃したり縄跳びをしたり、あまりしゃべらなくても成立する遊びをたくさんした。ソエはぼくのことを気に入ってくれたみたいだった。エネルギーが尽きることを知らない五歳児の遊びに付き合い続けるのは体力的に無理があり、とうとう室内でキティちゃんの塗り絵をすることに切り替えてもらった。

ファンはテレビを見ていて、あまり会話には参加してこなかった。ぼくのスペイン語がまだまだ壊滅的だったことが理由のひとつではあったが、それよりも子どもの相手をする人間がいるから自分はゆっくりしようみたいな感じだった。実際、ソエがファンに話しかけても適当にあしらっていた。エミは夕飯の準備をしていて、やっぱり会話には参加してこなかったから、ソエとぼくはふたりでがんばるしかなかった。

ソエと塗り絵をしていておもしろかったのは、太陽の色のことだった。たぶんもうそれはキティちゃんじゃなくて、というか塗り絵にはすでに飽きて、ふつうに絵を描いていたんだと思うが、彼女が太陽を黄色く塗っているのを見て、ぼくは横から赤を塗りたした。ソエはそれを見て、太陽をふたたび黄色く塗りつぶした。ぼくはあまりなにも考えずに、オレンジくらいがいいんじゃないかと思って、もういちど薄く赤を重ねたが、ソエがまた黄色くしてくるので、おや、とそこで気づいた。すぐに思い出したのはアルゼンチンの国旗のこと。

アルゼンチンと隣国ウルグアイの国旗には、日の丸と同じく太陽が描かれている。日本と違うのは、このふたつの国旗には顔が表現され(太陽神インティ)、黄色だということだ。あとで調べたところによると、太陽を赤だと認識するのは世界的に見て少数派らしい。ぼくはソエに、「日本では太陽は赤いよ」と言ってみたが、なに言ってんだ、みたいな顔をしていた。

そうこうするうちに、夕飯の準備ができたとエミが言い、ぼくたちは庭に出て、そこでサラダとピザを食べた。八時半くらいだった。ソエがいるからか、アルゼンチンではけっこう早い夕食だ。一般的にはだいたい九時半から一〇時くらいに食べ始めることが多いと思う。食卓には、ファンの母であるマリア・ロサと夫のネストルもついていた。彼らは近所に住んでいる。ふたりとも日系二世で、マリア・ロサはぼくの祖母のいとこの娘にあたる。彼女もネストルも日本語を話さなかったので、ぼくはなるべくスペイン語でしゃべり、伝わらないとき、あるいは単語を知らないときは、英語か日本語をエミに訳してもらって会話した。自分がしゃべったことがスペイン語に訳されると、その単語がなにを指しているのかがよくわかったので勉強にもなった。

最初はぼくたちの家系図の話をした。マリア・ロサはその関係性を誰よりもわかっていたようで、なかなか関係性を覚えられないぼくとファンに、くり返しその系譜を教えてくれた。だが彼女は、ぼくの祖母や父親に会ったことはなかった。

ファンの家には日本のカレンダーやミニチュアの鯉のぼりがあったが、それらはエミが研修で沖縄に行ったときに買ってきたもののようだった。たまに日本食も食べるらしいが、彼らの生活にはほとんど日本っぽさはないように思えた。マリア・ロサも日本に来たことはないということだった。

いっぽうソエは、この年からバレーラにある日本語学校に通い始めたそうで、そのときはひらがなを勉強していた。エミは、自分たちの世代が日本語を使えず、日本文化からも遠ざかって生活をしてきて、それでべつにいいと思っていたが、子どもたちには日本語を覚えさせたいと思うようになったと言った。インターネットで日本の情報も入ってくるようになり、マンガやアニメの影響もあって、自分たちのルーツについて考える機会が増えたんだそうだ。

バレーラの日本語学校は、一九五七年に設立された。子どもたちの親がお金を出し合い、手作りの校舎を建てたそうである。のちにソエの学年末の学習発表会（兼卒業式）を見に行ったが、幹線道路沿いに塀で囲まれた一角がまるまる日本語学校とフロレンシオ・バレーラ日本人会の敷地だった。サッカーグラウンドと体育館もあって、その広さに、競走馬とか飼えそうだなと思った。

エミとファンが言うには、内地出身の日系人が大半を占めるラ・プラタ[註3]、ウルキサ移住地にある日本語学校は、日本政府のお金が入っていてもっと立派だそうだ。なんでも日本語教師も、向こうは日本から派遣されてくるが、こっちには来ない、と言っていたと思う。移住地内では日本語で生活できるため、日本語が堪能な人たちが多いらしい。そういう話をするふたりの言葉の裏には、嫉妬のようなものが見えた。残念ながらぼくは、ウルキサ移住地に行くことはなかったし、実際のところどこまでが正確な情報なのかはわからない。だが、少なくともふたりの話し振りからは、日本本土（出身者）と沖縄を明確に分けようとする印象が感じられた。

学習発表会では、ソエは年少組の芝居を披露し、途中でアサード[註4]も出た。牛肉を食べながら、エイサーの出し物を見たり、日本語のスピーチもあった。おかしかったのは会の最後のほうでなぜかビンゴがあったことで、そういえばリマで行った沖縄祭りでもビンゴをやっていた気がする。たしかトヨタの現地法人がスポンサーになって、一等は車だった。いやあれはビンゴじゃなくて抽選会だったかも。とにかく、なにかあるとすぐビンゴをやるなと思ったので、ほかにもどこかのイベントにビンゴが出てきたのだろう。

ファン宅を訪問するといつも夜は遅くなる。食事が遅いからあたりまえといえばあたりまえだった。毎回帰りはファンに車で送ってもらった。いつも探り探り、おたがい話題をひねり出すように会話をした。好きなバンドはなにか、好きな作家は誰かなどから始まり、それぞれの仕事のことも話した。ファンは車の整備的なことをやっていたはずだが、スペイン語での会話で自信がないばかりか記憶がかなり曖昧である。二〇一九年にひさしぶりに会ったときは、インフレがひどく仕事にならないので、Uberのドライバーを始めたと言っていた。

3 ブエノスアイレス南東約五〇キロに位置する、ブエノスアイレス州の州都。日本人移住地は中心部から一二キロほど離れたところにある。

4 アルゼンチン、パラグアイ、ウルグアイなどで食される焼肉のこと。味付けは基本的に岩塩だけで、火の落ち着いた炭火で一時間から二時間ほどかけブロック肉をじっくり燻すように焼く。なお、ブラジルのシュラスコは、串刺しにした肉を火の立った炭火で炙るように焼く。

出生地主義

ファンとは国籍の話もした。というのも、ぼくがペルー生まれで、日本とペルーの両方の国籍を持っていることを話したからだ。

現在の日本の国籍法では、国籍選択制度により生まれつき二重国籍の者は、二二歳になるまでに国籍をどちらにするか選択しなければいけない。

ここで重要だとぼくが考えるのは生まれつき、という点だ。

日本は世界の多くの国と同様に血統主義をとっている。[註5] 日本の場合、父親か母親のいずれかが日本人であれば、その子どもはどこで生まれても日本国籍を取得できる。

いっぽうで移民たちによって形成された歴史を持つ南北アメリカ大陸のほとんどの国は、出生地主義を採用している。これは、親の国籍や滞在資格に関係なく、その土地で生まれた者にはすべてその国の国籍が与えられるというもの。ぼくの場合、出生地主義のペルーで生まれたので、ペルー国籍が付与された。

なお、国籍選択については、一九八四年の国籍法改正（翌八五年一月一日施行）の際、第三条において「この法律の施行の際現に外国の国籍を有する日本国民は、第一条の規定による改正後の国籍法第十四条第一項の規定の適用については、この法律の施行の時に外国及び日本の国籍を有することとなつたものとみなす。この場合において、その者は、同項に定める期限内に国籍の選択をしないときは、その期限が到来した時に同条第二項に規定する選択の宣言をしたものとみなす。」（傍点は筆者による）とある。なお、第十四条第二項には、二二歳までに日本の国籍を選択し、外国の国籍を放棄する旨の宣言をすることが、国籍の選択であるというふうに記載されている。

ぼくは一九八二年生まれなので「この法律の施行の際現に外国の国籍を有する日本国民」に該当するが、二二歳になるまで国籍の選択をしなかった。選択のやりかたも知らなかったし、そのような通知が来たこともなかった。[註6] なので、ぼくはこれに従うと、「選択の宣言

5 ただし、日本で生まれて父母がともにわからない、父母がともに無国籍の場合は、補足的に出生地主義をとっている。

6 国籍法第一五条第一項「法務大臣は、外国の国籍を有する日本国民で前条第一項に定める期限内に日本の国籍の選択をしないものに対して、書面により、国籍の選択をすべきことを催告することができる。」とあるが、一九五〇年七月一日に国籍法が施行されてから、これまで一度も行われたことはない。

をしたものとみな」されている。

では、ペルーの国籍を離脱する手続きをやるべきだということになると思うが、先に述べたようにペルーは出生地主義であるため、その土地で生まれた者はすべて「自動的に」ペルー国籍者ということになる。だからそれを離脱するということは、自分の生まれそのものを否定することになるのではないか。それに、そもそも住んでいるわけでもなければ、スペイン語での手続きもできるとは思えない（だからペルーのパスポートも申請していない）。わざわざ現地まで出向き、時間とお金を使ってまで離脱する理由がわからない。自分で積極的に取りに行ったわけではないが、生まれながらに自分にある権利を、そこまでして放棄しなくてはいけない理由があるだろうか。この国籍法では、重国籍であったとしても罰則はない。離脱の努力が求められているにすぎない。[註7] さらに法改正後の一九八五年以降に生まれた人について言うと、重国籍でかつ日本の国籍の選択を宣言して初めて、その努力義務の対象となる。だから国籍選択の宣言をしなければ、努力の義務すらない。……自分で書いていてもよくわからなくなってくる。要するに重国籍であることを、べつに気にしなくていいって言っているんじゃないかと思うのだけど。

この法律により、ふたつの国籍を持つ権利がある日系の子孫たちの多くが、初めから日本国籍の取得（つまり日本国籍の留保）をあきらめてしまっているそうだ。法律の条文独特の言い回しはわかりづらくて、「要するにどっちか選ばないといけない」というように感じてしまう人も多いようである。そうなると、生まれると自動的に付与される、これから自分が暮らしていく国の国籍を離脱してまで日本国籍を留保しようと考えないのではないか。そして、日本国籍は出生時に現地の大使館にその届出を出さなければ失われてしまう。親が日本国籍を持つ日本人であるのに、そういうふうにして子どもに日本国籍を取ってあげられなかったケースが多くあるという話を聞いた。

ぼくが生まれたときにも、このような選択をせまられた気がしていたら、親はどう判断していただろう。当時はペルーで生きていくはずだったから、息子の日本国籍をあきらめていたかもしれない。そして母親がペルーでの生活に疲れたとしても、外国籍の乳児を連れて日本へ帰ることに躊躇したかもしれない。

南米各国の日系人たちの人口総数ははっきりとわからない。国籍保持者で計ろうとすれば、いま書いてきたような海外で日本人の親のもとに生まれたが、届出をしなかったために日本国籍を持たない子どもたちは漏れてしまう。仮に法律が変わって、重国籍を問題視

7 離脱が法律上努力義務とされているのは、国によっては出生によって取得した自国籍の放棄を認めない制度があり、そうした国の国籍は離脱が不可能であるから。

せず、さらに「日本人の親のもとに生まれれば、大使館での手続きなしで日本国籍保持者となる」となったらどうだろう。今度は、日本国籍は持っているが日本の戸籍には載っていない人たちが大勢生まれる。一二〇年以上前からの日本国籍者の家系をすべて調べ上げ、国籍を持っていない人々を洗い出すことも、物理的に無理なことだ。だから、本書で扱う各国の日系人の人口数は、あくまで参考程度と思っていただけたらと思う。いずれにしても、血統主義をとる日本の子孫が、血統があるにもかかわらず日本国籍を取得できていないことは、議論の余地があるのではないだろうか。

ちなみにファンも、祖父母の時代に日本大使館に届出を忘れたとかで、母マリア・ロサの時点で日本国籍は持ってないと言っていた。

3 Paraguay

パラグアイ

Bolivia
Brasil
Paraguay
パラグアイ
フォズ・ド・イグアス
シウダー・デル・エステ
アスンシオン
イグアス移住地
ラ・コルメナ
移住地
Argentina
ラパス移住地
エンカルナシオン
Uruguay

ブエノスアイレス↓ラパス移住地

二〇一七年六月、ぼくはアルゼンチンのブエノスアイレスから国境の街ポサーダスへ向かっていた。そこからパラナ川を渡って隣国パラグアイへ入る。真冬の気配がし始めていたブエノスアイレスに比べたら、ちょっとは暖かいだろうと期待していたが、六月上旬のパラグアイにもすでに寒波がきていて、すぐに風邪をひくことになった。

パラグアイは日本人旅行者にはあまり馴染みがない国だろうが、ぼくにとっては思い出深いところだ。父親の仕事の都合で小学四年生から六年生まで首都のアスンシオンに住んでいた。週末のおいしいアサード、豊富な日本食、のんびりした雰囲気、生徒数が少なく家族のような日本人学校のことなど、いい思い出をたくさん持っている。二〇一四年のペルー滞在のついでに来てから、その後も数回にわたり訪問しているお気に入りの国である。

ぼくは最初のペルー訪問のあと、スペイン語を習得すべく、中米グアテマラで語学学校に通い（グアテマラのスペイン語学校は安くマンツーマンの授業が受けられることで有名で、世界中から生徒を集めている）、二〇一六年の一〇月から約一年は文化庁の研修生として、演劇に関する勉強や日系コミュニティのリサーチをするためにブエノスアイレスに滞在していた。

ブエノスアイレスからポサーダスまでは、長距離バスに乗って一六時間くらいだった。バスの座席はフラットに近くなるまで倒すことができ、足も余裕を持って伸ばせたので、その時間から想像するほどはつらくなかった。法定速度を守るという事前のアナウンス通り時速一〇〇キロを超えることもなく、乗り心地はけっこう快適で、八時間くらいぐっすり眠れた。預けていた荷物も無事にピックアップし、今度はポサーダスのターミナルから国際路線バスに乗って橋を越え、三〇分ほどでパラグアイ側の国境の街エンカルナシオンへ。この街は南米を旅する日本人バックパッカーにはそれなりに知られている。それは、通常なら発行までに数日かかるブラジル入国ビザ[註1]がこの街のブラジル領事館では数時間で発行してもらえるからで、ブラジルへ向かいたいバックパッカーたちがやってきていたのだった。

パラグアイは南米の中心に位置する内陸の国なのだが、このエンカルナシオンには南米ではアマゾン川に次いで長いパラナ川に面した「ビーチ」があり、夏には人々が水着で川水浴（？）をしたり、露店が出ていたりして賑わっている。夕暮れには、対岸のポサーダスのビル群の電気が幻想的な雰囲気を醸し出しているのを見ることもできる。エンカルナシオンはパラグアイ第三の都市圏だが、ポサーダスの街並みと比べるとその差は一目瞭然で、のどかな田舎町という感じだ。国力の違いを感じもする。

隣国にブラジル、アルゼンチンという大国を持つこの国の人々はとにかくのんびりしているとしか言いようがない。真夏には摂氏四〇度を超えることもあり、人々はマテの葉を水で出す「テレレ」を飲みながら涼むのが定番で、家の庭やガレージのガーデンチェアに座って、一日中談笑しながらテレレを飲み続ける。公園のベンチに座るスーツを着た金融系と思しきサラリーマンも、バスの運転手でさえも、片時もテレレを手放さない。

テレレは、家族や仲間たち、またはその場に居合わせた人たちといっしょに回し飲みをするのが常である。「ホスト」がマテの葉っぱが大量に詰まった容器「グアンパ」に水を入れ、先端が濾し器の構造になっているストロー「ボンビージャ」を使って飲み干す。それから、またグアンパに水を入れ、「ゲスト」に渡し、渡された人はそれを飲み干し、ホストに返す。ホストはまた水を入れて次の人に渡す。というのをくり返す。もう自分に回してほしくない場合は、ホストにグアンパを返すときに「ありがとう《グラシアス》」というのが決まり。

1 日本国籍保持者のブラジル入国には観光であっても事前にビザの申請が必要だったが、二〇一九年六月より訪問ビザが免除になった。

回ってきたテレレはかならず飲み干さないといけない、マテの葉に深く刺さっているボンビージャを持ってかき回してはいけない、などの作法がある。そんなテレレの回し飲みの光景は、バスに乗って車窓を眺めているだけでいくらでも見ることができる（コロナ禍で、テレレの回し飲みが問題になっているそうだ。この文化はなくなってほしくない）。

そんな国に、日本人たちが初めて移民としてやってきたのは一九三六年のこと。第二次世界大戦により日本人移住が途絶える一九四一年まで、首都のアスンシオンから東南一三〇キロメートルに位置する「ラ・コルメナ移住地」に計一二三家族が入植した。

現在パラグアイにある六つの日系移住地のうち[註2]、ラ・コルメナ移住地を除いた五移住地は、第二次世界大戦のあとに設立された。今回の旅でぼくが最初に訪れたのは、エンカルナシオンの近郊にあるラパス移住地で、ここは一九五五年に入植が始まった場所である。

南米に点在する日系移住地とは、その名の通り日本人移住者たちやその子孫が集まって住んでいる土地のことで、現地政府が用意して受け入れた移住地、日本政府直営地、アメリカ人がコーヒー団地として設定し日本人を受け入れた移住地などがあって、それぞれ設立の経緯は異なっている。このような移住地には、第二次世界大戦後にアジア地域からの引揚者や復員軍人など一〇〇〇万人以上の余剰人口を抱えた日本政府が、移住者を募って送り込んだケースが多い。移住者たちはおもに農業に従事した、している。移住地には日本人移民とその子孫だけが住んでいるわけではなく、日系人たちが切り開いた農場の働き口を求めて、周辺各地から日系ではないパラグアイ人たちも多く移り住んできている。現在は人口比率で言えば、移住地内でも日系人は少数派となる。

なお、現在パラグアイには七〇〇〇～一万人程度の日系人が住んでいるとされ、うち半数近くは首都アスンシオンなど、都市圏で生活しているそうだ。

早朝のエンカルナシオンに到着したぼくは、アルゼンチン・ペソをパラグアイの通貨グアラニーに替え、バスターミナルに隣接する食堂のひとつで朝食をとった。寒かったので鶏肉のスープ。食後にラパス移住地方面行きのバスの時間を確認し、ターミナルのすぐ裏にあるブラジル領事館に行って、ブラジル入国のビザの申請をした。パラグアイのあとはブラジルに向かうことになっていた。

一一時にはビザが発給されるということだったので、領事館のWi-Fiにつないで、ラパスでお世話になることになっている安藤紀代美さんにパラグアイに入国した旨をメッ

2　厳密には七つの移住地があるが、一九八四年に開設されたピラレタ移住地は、現状入植者が四、五家族と極めて少ないことから、現地ではカウントされないことが多い。https://www.jica.go.jp/index.html

セージした。安藤さんを紹介してくれたのは、この旅よりも前にイグアス移住地[註3]に遊びに行ったときに知り合った日本人僧侶で、彼女も安藤さん宅に泊めてもらっていた。イグアス移住地は、日本人宿の快適さ（日本語で過ごすことができる、日本食がおいしい）やイグアスの滝観光の拠点にもなることから、一部の旅行者からはよく知られているところだ。

安藤さん宅には約二週間も泊めてもらえることになっていた。手土産にアルゼンチンワインを数本持ってきたのでバッグが重かった。いくら快適な国際バスとはいえ、さすがに疲れはあるし、早くシャワーも浴びたかった。だが、領事館のシステムにトラブルがあって、けっきょくビザが発給されたのは一四時過ぎだった。ラパス移住地方面へ向かう次のバスは一六時発。待つしかない。

とくにやることもないままバスターミナルで二時間を過ごした。バス会社の人やその呼び込みの人、両替商とスマホの充電器を売っている人が話しかけてきた。乗客たちはベンチに座って談笑している人が多かったが、一度も日系人らしい顔は見なかった。

南米には日本人移住者が多く住む国がたくさんあるが、ほかの国に比べるとパラグアイは移住の歴史が浅く存命の日系一世の比率も高い。そのことも影響しているのか、結婚に関しては日系人同士ですることが多いようだ。だからパラグアイの日系人というのは、いわゆる一般的な日本人顔をしていると言える（なお、パラグアイには沖縄系の人がほとんど住んでいない。ぼくもそうだが沖縄系の顔立ちは現地でもわりと日本人ぽくないと言われる)。当地には韓国系や中国系といった人たちもいるから、まとめて東アジア系パラグアイ人はほかのパラグアイ人たちと見分けがつきやすい、と言うほうが正しいかもしれない。だからなんだというわけでもないが、とにかくそのバスターミナルにはそういう人は見当たらなかった。

かなりの年月が経っていることが予想され、ガタつく音が鳴り止まないバスに大勢の人が乗り込み、途中で降りたりさらに何人も乗ったりしながら、文字通り揺られること一時間、目印に聞いていたガソリンスタンドを見つけられないまま、ラパス移住地の中心部らしき場所に着いた。たいていの乗客がそこまでに降りてしまい、学校帰りの学生たちが大勢乗り込んできて、おかしいなと思った。動き出したバスのなか不安だけが募る。スマートフォンで現在位置を確認すると、バスは中心部をどんどん離れていくので、慌ててバスを降りることにした。料金を集めている係員に聞くと、目的地はずっと前に通り越していて、逆方面行きのバスはもうしばらく来ないと言った。なぜ前もって聞いておかなかったのか、肝心なときに自分のシャイなところが出た。あとでわかったことだが、ラパス移住

3 パラグアイの日系移住地のひとつ。

地は、フジ、ラパス、サンタローサという三地区からなり、それぞれの地区はかなり離れている。ぼくが目的地だと思って見ていた地図はラパス地区のもので、安藤さんのお宅やガソリンスタンドはもっと手前のフジ地区にあった。

冬に差しかかるこの時期、一七時を回り、外はもう暗くなっていた。周りにはなにもない。木々が道を囲み、よけいにあたりを暗くしていた。エンカルナシオンのバスターミナルで購入したＳＩＭカードの設定はうまくいっておらず電話ができなかった。途方に暮れながら道を歩いているとしばらくして売店があった。明かりもついていた。

電話を借りようと思って店に近づくと、ドアのところに日本語で書かれたチラシが貼ってあった。バザーの知らせだったか、あるいはバレーボール大会の知らせだったか、記憶は生ものなので覚えていないが、ここが日系人の経営する売店であることは確実だった。こういうとき日本語を見ると驚きよりも安心が先に来る。店内に入り、不審そうにぼくを見る店員の（というかオーナーの）おばちゃんに日本語で話しかけ、事情を説明した。電話を貸してほしいと言うと、おばちゃんも安藤さんのことを知っていたので連絡してくれた。どこの移住地もそうだが、移住地の日系人コミュニティは大きくはない。ラパス移住地には、七〇〇人弱の日系人が住んでいるらしい。ラパス全体の人口が三三〇〇人強ということなので、五人にひとりが日系という割合だ。[註4]

店内には、醤油やお米はもちろん、ポカリスエットやカリカリ梅、ごはんですよ!、とんかつソースやチューブタイプのわさび、カレールー、むぎ茶のパックなどが置いてあった。これは、イグアス移住地の売店でも同じような感じだった。現地で作られた梅干しや納豆が売られていることもよくあった。

電話は無事つながり、紀代美さんの夫である安藤清一《きよかず》さんが車で売店まで迎えに来てくれた。車は八人乗りの黒のグランドハイエースで、もう完全に暗闇に包まれた道を行った。さっきバスで通ってきた国道である。パラグアイでは、日本の中古車がたくさん出回っていて、それらは日本からまずチリの工場へ運ばれ、そこで運転席の左右を取り替える作業をしてから、パラグアイやボリビアにやってくるのだそうだ。運転席の左右を取り替えるというのは、ハンドル部分をただ右から左へ移すだけなので、ウィンカーレバーはそのまま右側に、ワイパーレバーは左側に来る。そういう話を清一さんに聞きながら、車のライトが真っ暗な道を照らすのを見ていた。

4 パラグアイは首都と一七の県からなる。県の下には行政区が置かれ、ラパス移住地はイタプア県のラパス市に位置する(正確には一部地区は隣接するほかの行政区にもまたがっている)。ラパス市の二〇二〇年の人口は三三三五人。 https://www.dgeec.gov.py/Publicaciones/Proyeciones%20por%20Departamento%202020/07_Itapua_2020.pdf

国道を離れ、広大な草原や畑に挟まれた未舗装の道をしばらく行ったところに、安藤さんの家はあった。敷地の外にはマカダミアナッツの木々が並び、それほど太くない幹の低いところから鮮やかな緑色の葉が茂って、その葉の陰にマカダミアナッツが隠れていた。ぼくはマカダミアナッツが木になるものだと知らなかった。敷地の入口あたりには加工工場があり、年季の入ったトラクターが停まっていた。その奥に二軒の家。安藤さん一家の住む家と、もうひとつは清一さんのご両親である哲さんと繁子さんが暮らしている家だった。

哲さんと繁子さんは、それぞれ愛媛県と高知県に、第二次世界大戦の最中に生まれ、まだ一〇代だった一九五〇年代、両親に連れられパラグアイへやってきた日系一世である(日系〇世という数え方は市民権をとった段階から数えられるため、哲さんや繁子さんとその親たちのいずれもが一世になる)。余談だが、哲さん繁子さんの家のお風呂は五右衛門風呂で、ぼくはそこで生まれて初めて五右衛門風呂に入らせてもらった。

清一さんはパラグアイ生まれの二世で、一七歳のとき日本へ出稼ぎに出た。神奈川の川崎市内にあった輪転機を作る会社に勤めたのだという。そして知り合ったのが、山口県出身の紀代美さんだ。清一さんが仕事で山口県に出張したときに街角で「ナンパして」、ふたりは出会ったという。紀代美さんは当時、車の会社の事務員をしていた。ふたりのあいだに子どもはふたり。姉の雅《みやび》さんは二〇一七年当時、一五歳の高校一年生、弟の駿斗《はやと》くんは一二歳の中学一年生。どちらも日本生まれで、雅さんが四歳のときに家族でパラグアイに引っ越してきた。つまり、紀代美さんも雅さんも駿斗くんも、日系一世と数えることになる。

駿斗くんは、親しみやすいやんちゃ坊主という感じで、初対面からかなりのテンションだった。自分が世話をしている猫やニワトリの紹介をしてくれたり、翌朝には近所をいっしょに散歩したりして、すぐに仲良くなった。雅さんは、大人しいというか、お姉さんらしく落ち着いている印象だったが、自分の意見ははっきり言うところに芯の強さを感じた。どちらかというと駿斗くんがよくしゃべる紀代美さんの性格を、雅さんがやはり落ち着きいかにも頼りになるぞという感じがする清一さんの性格を受け継いでいるような印象だった。

サッカーを遊ぶ

ラパス移住地に滞在しているあいだ、エンカルナシオンで全パラグアイ日系人フットサル大会が開催されるというので、見に行った。各移住地から代表選手が集まって行われるとのことだった。

紀代美さんの紹介で、シゲさんというぼくと同じくらいの歳の人が車に乗せてくれた。朝六時に起き、二〇分後には出発。ぼくは風邪を引いていたこともあるが、ふだん早起きするような生活をしていないから、しゃべるのもしんどいくらいで、しかも早朝の寒さはこたえた。シゲさんや車に乗り合わせたナオキくんという若者にとっては、あたりまえに起きている時間らしく、会場に着くまでふたりはずっと楽しそうに話していた。ぼくは開かない目で外の景色を見ながら、ふたりの会話を聞いたり聞かなかったりしていた。頭も痛かった。

車内ではJ－POPを中心とした音楽が流れていた。シゲさんとナオキくんの会話は日本語で、使われる単語も日本で聞く日本語とほとんど変わらないようだった。YouTubeやNHKワールドなどが見られるから、それが可能なのかもしれない。でもときどき彼らの会話のなかには、どうもぼくが知っている日本語とは違うものを感じることもあった。ぼくは会話に参加もしないかわりに、その違いとはいったいどういうものかを考えることにした。で、しばらく聞き耳を立てて観察して思ったのは、彼らは、学校や仕事でスペイン語を使っているわけだからスペイン語の身体を持っていて、その身体で日本語をしゃべっている、と言えるかもしれないということだった。

言うまでもないことだが、日本語とスペイン語とでは構造はもちろん、その表現方法も、そしてしゃべるときに使われる身体の有りようも異なっている。彼らのように、ふたつの言語に挟まれた環境で育つということは、ふたつの身体性が混ざっていくことでもあるのかもしれない。

ぼくはそんなふうに考えて、まず嫉妬し、それと同時に、うしろめたい気持ちになった。つまり、コンプレックスを感じた。ぼくもそうありたい、スペイン語の身体で日本語をしゃべったり、日本語の身体でスペイン語をしゃべったりしてみたいと思った。以前よりスペイン語はわかるようになっていたが、まだまだ自由自在にしゃべることはできなかった。そうやって言葉と身体を遊ぶことができたら、下手な国際交流イベントをすることよりもずっと価値のあることなのでは、などとよけいなことも考えた。

フットサルの会場には、パラグアイ各地に住む二〇〇人くらいの若者たちが、それぞれピックアップトラックやワゴンといった車で集まっていた。選手の男たちはユニフォームを着たまま運転してやってきたらしい。ユニフォーム姿の知り合い同士、握手をしたりマテ茶を飲んだりタバコを吸って談笑したりしていた。妻や彼女と思しき若い女たちも来ていて、女同士でおしゃべりしていた。それらの会話は日本語をベースとしながら、言葉の端々にスペイン語が入る。とはいえ日本語がベースということもあり、日本のどこかのコミュニティイベントに参加したような感じだった。

日本語のグループトークでは、ぼくはそのグループ全体の空気というか感情を深読みしてしまって、なかなか積極的になかに入っていけない。ようするに初対面だと臆する。日本社会では相手のことを、「あなた」とか「君」とか言わずにやり過ごそうとすることがよくあると思う。つまり日本語では「あなた」や「君」などと相手に言うことに心理的ハードルがある。英語であれば、こういうことはまったく気にならないから不思議だ。相手をYouと呼ぶことになんにも抵抗を感じない。

「あなた」や「君」を使う身体というのが、日本語では確立されていないのではないか、と思ったのは、フットサル会場で、彼らが「あなた」や「君」の代わりに、「usted《ウステ》」を使っていたからだ。ウステはスペイン語で丁寧な「あなた」の意味。たとえば「ウステは日本から来たの？」と彼らはぼくに聞く。「ぼく」や「わたし」「おれ」には、スペイン語の「yo《ジョ》」が使われていた。そのほうがしっくりくるということなのだろう。

ほかにも、彼らの日本語の表現でおもしろいと感じたのは、「ウステはサッカー遊ばないの？」というフレーズ。みんなこの表現をしていた。最初はなんだろうと思っていたが、これはスペイン語で考えるとわかりやすい。サッカーをするというのは、「jugar al fútbol」（英語でplay football）となり、jugarは英語のplayと同じく、「遊ぶ」という意味がある。だから「サッカーを遊ぶ」という表現になるのだろう。

日本語のみの環境で生きてきた人にとっては、サッカーを「遊ぶ」という感覚はないように思える。サッカーは「する」ものであって、遊ぶものではない（遊びでサッカーをすることはもちろんあるが）。けれど、少なくとも英語圏やスペイン語圏の環境に生きる人たちにとっては、サッカーを遊ぶという感覚があるのだろう。こういう、日本語ではない言語をベースにした、日本語の表現をぼくもできるようになりたい。だって日本語の拡張というか、日本国という限定されたところに収まらない日本語の可能性を感じるから。こういうことを「言葉が開いている」と言うのだと思う。

若者たちへのインタビュー

安藤家

「パラグアイには四歳のときに来たので、日本でのことはほとんど記憶にないんですけど、幼稚園のときにひなちゃんていう友だちがいたのは覚えています。もう連絡もとっていないけど。いまごろどうしてるんだろう」

雅さんに話を聞いたのは、安藤家にお世話になって一〇日くらい経過してからのことだった。着いて早々風邪で数日間寝込んだあと、フットサル大会のほか、近所の一世のおばあちゃんに話を聞きに行ったり、移住地の農家の様子を見せてもらったりした。そうして風邪はぶり返し、駿斗くんが朝からテンション高く寝ているぼくに飛びかかってきて起こされ、そのことに怒り、紀代美さんと雅さんといっしょに麺を打って鶏ダシのラーメンを作り、ラーメン談義をした。そのような感じで徐々に打ち解けていったとぼくは思っているのだが、ラパス滞在もそろそろ終わりかなと思っているとき、雅さんに改めて話を聞かせてもらえることになった。

先述の通り、ぼくは二〇一二年くらいからいろんな場所で人と出会い話を聞いては、それを演劇作品に生かすということをやってきた。だが、たいていそれは飲みの席で酔った勢いで聞いた話をなんとなく覚えていて……という類いのもので、なぜそんなやりかたになるかというと、ひとつに人に話を聞かせてもらうことは自分にとって恥ずかしいことだからだ。人の話を聞くということは自分の手の内を明かすことでもあるように感じる。だから相手になにを質問するのか、どこに自分の興味があるのかということは、ぼくと相手とのあいだだけにしまっておきたい気持ちがある。

けれど、高校生の雅さんの話を、酒を飲みながらふたりきりで聞くわけにもいかない。しかもあらかじめインタビューをしますと伝えて、ボイスレコーダーまで出したのだからがんばるしかない。安藤家の居間には、雅さんのほか、もちろん清一さんも紀代美さんも駿斗くんもいて、自分のやり口をあけすけに全部見られている気がした。清一さんと駿斗くんは、ソファに座ってテレビを見ているが、ぜったいに聞き耳を立てている。ソファの後ろに食卓用テーブルがあって、そこに雅さんが座り、向かいにぼくが、ぼくたちのあいだにテレビに背を向けて座る紀代美さんがいた。

「お母さんの里帰りについていくかたちで、小学校二年生と六年生のときに、日本に行きました。あと中二のときには研修で行った。だから、わたしは三回行ってるのか日本には。お父さんとは一回いっしょに行ったよね？」

「そうだね」

「二年生のときにいっしょに行ったよね。六年生のときは仕事があるからって、お父さんは行かなかった」

「お父さんのぶんの飛行機代がなかった」とすかさず清一さんが言って、みんなが笑った。ぼくは気恥ずかしさがどうも抜けなかったのでやっぱりビールを飲むことにした。紀代美さんが、「雅も飲んだほうがよくしゃべれるんじゃないの？」と冗談を言って、笑いながら雅さんが断っていた。駿斗くんはインタビュー中は静かにしてなさいと言われていたので、がんばって黙っていた。

「学校では、国語（スペイン語）のほかに英語とグアラニー語[註5]も勉強してます。スペイン語よりグアラニー語のほうが得意かもしれない。それに、心理学、人類文化学、論理学とか歴史とか。あと、ジオグラフィアって日本語でなんて言ったらいいのかな、お父さん」

「わからん。……ジオグラフィックじゃない？」

「地理かな」とぼくは安藤家のマカダミアナッツをつまんだ。

「そうか。地理。あと、ふつうの理科の、なんかいろいろ実験したり」

「そうなんだ。けっこう広域にわたるんだね」

「うん。ほかにも、神様のことを勉強する科目とか」

「宗教学？　キリスト教？」

「キリスト教だね。フォルマシオン・クリスティアーナっていう。あと芸術とか、体育もあるし、全部で一六科目を勉強してる。週五で」

「すごいね。そのなかで好きな科目はなんなの？」

「強いて言うなら、心理学かな。うちの学校はけっこうグループ作業があるんですよ。四人グループぐらいでプレゼンやらなきゃいけなくて。心理学のときのテーマは恋愛だった。わたしが言わなきゃいけなかったのは、『恋愛の悪いところ』。恋人ができたらこういう悪影響がある、みたいな。学校で成績が落ちるとか」

「雅も（恋人ができたら）成績落ちるかな」と清一さんが笑いながら言えば、「でも頭のい

5　パラグアイの先住民グアラニー族の言語。パラグアイ人の九割以上はグアラニー人とスペイン人のメスティーソとされ、多くの人がグアラニー語とスペイン語の両方、もしくはそのどちらかを日常的に使っている。

い子と付き合ったら、相乗効果で、いっしょにいたいってがんばるよね」と紀代美さんが言う。家族で話しているとき、雅さんの顔は生き生きとしている。駿斗くんががんばってしゃべらないようにしているのがぼくはおかしくて、ビールも進んだのだけど、いま思えば、雅さんの恋愛の話を聞けばよかった、飲んでいる場合ではない……。

「勉強が特別好きなわけじゃないし、お父さんもお母さんも勉強しろとは言わないな。部屋片付けろとは言われるけど」

「それはね、雅の部屋がもうあんまりだからだよ」と清一さん。雅さんは苦笑いしながら続けた。

「でも、成績がよくないと進級できないから、しっかりやってる。わたしはスペイン語より日本語が得意なので、将来的には日本の大学に入りたいと思ってます。大学生活のあいだにその先なにがしたいかを考えたい。いまのところ、心理学に興味があるけどまだどんな分野のことを勉強するかは決めてない。でも、漢字は日本の子よりもわかる自信がある」

「ちょっと話してもいい？」と我慢の限界が来た駿斗くんが言い、雅さんが「いいよ」と優しく返したので、駿斗くんが食べたい動物の話を始めた。駿斗くんは動物が好きで、しかも自分で捌いて調理して食べることに興味がある。彼は犬や猫のほかに、数羽のうずらの世話もしていて、それらは駿斗くんが自分で世話をするという約束で飼うことを許してもらったらしい。うずら専用の小屋もあって、それは人間もなかに入ることができる大きさで、そういう環境は非常に恵まれていると思う。

ところで、海外では年に一、二回、国際交流基金と日本国際教育支援協会の運営による日本語能力試験が開催され、パラグアイでは現地の日本人連合会が実施している。ここで満点をとるか、成績がトップになると日本へ研修を受けに行くことができる制度があるそうだ。

南米の日本へ研修に行く日系の若者のなかでは、パラグアイの若者たちは、言葉に関していつも優秀らしい。それは、移住地という環境要因もあるだろうが、そのほかに考えられる理由として、日本生まれの移民一世世代の多くが存命で、ちょうど彼らの祖父母世代にあたるケースが多いというのがあると思われる。彼らが日常的に日本語を使っているのも、そういう理由が大きいはずだ。

しかしながら、漢字の読み書きは苦手な人が多いそうだ。実際、ぼくがラパス移住地で出会った若者は雅さんをのぞいてみんな、そんなことを言っていた。彼らが通う学校はあくまでもパラグアイの学校である。

それにしても、日本語能力試験で好成績をとった人間が日本に招待されるという仕組みは、すこし変ではないだろうか。語学の能力というのは、やる気よりも環境にまず左右される。学ぶモチベーションさえ高ければ、語学レベルの基準はかならずしも設けなくていいのではないかと思った。

紀代美さん曰く、日本語能力試験は日本に住んでいる人を想定した出題のされ方をしている、ということだった。たとえば「コンビニに行きました」という例文があったとして、それはコンビニがあるという前提で出題されている。南米では、日本的なコンビニ（二四時間営業で食品のほかに日用品なども売っているような店）がない国もある。問題の解答以前に、まずそういうローカルな日本事情を知らなければならないというのは、ちょっと不公平なんじゃないだろうか。こういう出題の仕方をしていては、日系人が多く住む移住地のような場所でも、日本語を勉強しようという意欲は徐々に削がれ、小さくなっていってしまうかもしれない、とぼくは紀代美さんと話した。

徐々に小さくなっていくと言えば、と清一さんは話し始めた。

ほかの南米諸国と比べてパラグアイには日系移住地が多いこともあって、国際協力機構（ＪＩＣＡ）の支援が手厚い。日本政府から出されるお金で道路の整備や日本語教育の強化も行われている。それはありがたいことであるいっぽうで、パラグアイの日系社会の

「ぬるさ」を生んでしまっている気がする。日本政府の資金に依存している状況では、自分たちで金銭的負担をしてまで、日系コミュニティの会合やイベントなどを守っていくという自立心は育たないのではないかと思う——清一さんは、パラグアイの日系人の団結力がだんだん弱まってきているように感じているそうだ。

「最近とくに感じるようになったけど、歴史は違えど、パラグアイの日系社会もブラジルや周辺の国と同じような道をたどるんじゃないかと思ってる。なかには日系人の組織はもう必要ないんじゃないかと思う人も増えてきてて、ブラジルではそういうふうに実際、組織がなくなったところもあるとか。実際になくなってみると、やっぱりそういうのは大事だったんだって、なくしてから初めて気づく。ブラジルみたいに日本語がどんどん失われてしまった社会では、なんとかしなきゃって思って、自分たちで金銭を負担してでも、もう一度立ち上がろうとするんだって。日本語を大事にするっていうのは、日本人の道徳心とかモラルみたいなものを継続していくことにつながるし、日本とのつながりを持つってことだと思うんだよね。ぼくはどうにかいまの流れを避ける道はないか、って思うんだけど、でもいっぽうで、やっぱり一度失ってしまったほうがいいのかなとも思うんだよね」

いつも冗談を飛ばしながら家族を和ませる清一さんだが、このときは言葉を選びながら真剣な眼差しで話していた。

ぼくの生まれたペルーの日系社会では、日本語を話す人はもう少ない。だから清一さんが言うように、一度失ったものを取り戻そうという意識があるのかもしれない。あるいは完全に消えてしまわないように、その火を守ろうとしているのかもしれない。ペルーで、沖縄祭りや新年会などのイベントに参加してぼくが感じたのは、そんなエネルギーだったのではないかと思った。

峯本直記

フットサル大会の何日かあと、いっしょにシゲさんの車に乗っていた、ナオキくんこと峯本直記さんに改めて話を聞くことができた。彼の家は、ぼくが最初にバスを降りそびれたフジ地区のガソリンスタンドの近くにあった。道を挟んだ向かい側には、青々とした小麦畑が広がっている。その日は、寒さも落ち着いた気持ちのよい晴れの日で、彼が高校に行く前の午前中に、中庭にあるテーブルに向かいあって座り、どこから話そうかななんて照れながら自分のことを話してくれた。

安藤雅さんと同じく日本生まれの彼は、当時一八歳の高校三年生だった。五歳のときにパラグアイに越してきて、つい最近までラパスではなく、近くのピラポ移住地というパラグアイで最大規模の日本人移住地に住んでいた。

ピラポでは、男の子たちは小学生から野球チームに入ることが暗黙の了解のようになっていて、夏休みなどはずっと野球の練習をしていたそうである。サッカーのイメージが強いパラグアイだが、野球といえば、九〇年代にヤクルトスワローズで活躍した岡林洋一投手がイグアス移住地出身ということで有名だと思う（高校生の直記さんは岡林を知らなかったのでびっくりしたけど）。直記さんは外野手だったらしい。ぼくもそうだった。ペルーで野球をしていた父親の影響で始め、高校生まで野球をやっていて、パラグアイに住んでいたときは日系のチームに入っていた。ぼくは日本から赴任した家族の子どもたちが通う日本人学校に行ったので、日系の人たちと関わるのはこの野球チームでの練習がほとんど唯一の機会だった。

「野球ってでも日系の人しかやらないと思うんだけど、学校には日系じゃない友だちもいるでしょう？」

「いますね。うちの学校では九割が非日系のパラグアイ人」

「そういう友だちとはどんな話をするの？」

「やっぱり、サッカー友だちみたいな感じで、『昨日のサッカーの試合観た？』とか。『あの試合すごかったよな！』みたいな感じで話してますね」

「どこのクラブが好きなの？」

「ぼくはレアル・マドリードかな」

「ああ、スペインの。パラグアイは？　リーガ・パラグアージャだよね？」

「パラグアイのはあんまり見ないですね。なんて言うか、パラグアイのサッカーはヨーロッパのサッカーのプレー・スタイルと比べてなんかちょっとトロいというか、遅いようなところがあるから、あんまり。スペインのサッカーは、ボールのタッチ数とかもすごいし、素早い攻撃ができたりするからすごいかっこいいと思う。パラグアイはそんなことないから」

「ちなみにＪリーグは見る？」

「ちらっと見るくらいですね」という感じで、野球のときより具体的な話が聞けて、サッカーが好きなんだなと思った。

パラグアイといえば、２０１０ＦＩＦＡワールドカップの決勝トーナメント一回戦で日本代表と対戦し、ＰＫ戦までもつれ、パラグアイが勝ったというのがあって、日本でも覚えている人が多いのではないだろうか。直記さんは当時は一一歳で、どっちのチームを応援したらいいかわからなかったそうだ。「正直どっちが勝ってもぼくはうれしかったですね。日本も好きだし、パラグアイに住んでいるというのもあるし」。

ワールドカップはナショナルチーム同士の戦いだ。自分の生まれた国や育った国、住んでいる国を誇りに思うことはいいことだと思う反面、あの状況は彼にとって板挟みでしんどいところもあったのではないか。彼は自分のことを、パラグアイ人だとか日本人だとか切り分けて考えているのだろうか。「日本も好き」「パラグアイに住んでいる」という言葉は、どちらからも距離を取るような表現にも思えた。

ちょっとそんなことを考えながら、彼の得意な教科がなにかと聞くと、「英語」と返ってきたので、では英語をしゃべるときに最初から英語で考えているのか、あるいは日本語かスペイン語で考えてからしゃべるのかを聞いてみた。

「まず日本語で考えてから英語にしますね。スペイン語をしゃべるときはスペイン語で考えてますけど、授業で集中して考えようとすると、まず日本語で考えることが多いかな。あとたとえば、熱い鍋にさわったときに反射的に出るのは、『熱っ！』って日本語です。でもケンカするときに、暴言を吐くとしたらスペイン語になりますね。あんまりケンカしないですけど。言い合いになっても、自分で引いちゃうかな。キリがないからめんどくさいよってなって」

家族とは基本的に日本語で会話しているというから、反射的に出てくる言葉が日本語だというのは予想がついたが、人を罵倒するときにはスペイン語になるのはおもしろいと思った。人を罵倒する言葉は、どの言語でも（少なくとも日本語、英語、スペイン語では）音がキリッとしていて口に出しやすいものだとぼくは思うのだが、彼にとってはそういう、怒りの感情を表すときの身体に馴染むのがスペイン語の言葉なんだろう。家庭では日本語、学校という外に行けばスペイン語の環境がそうさせているのかもしれなかった。

インタビュー中、犬が甲高い声でずっと吠えていた。カゴに入れられていた鳥もときたま激しく鳴いた。ぼくは彼の結婚観についても聞いてみたいと思った。というのも、移住地では日系人同士での結婚があたりまえと考えられていると聞いたからだ。このへんに、ふたつの国のあいだにいるとも言える日系の人たちを理解しようとするヒントがあるように思った。

というわけで将来的に結婚はしたいかを聞くと、ぼくの質問の意図を知ったのか、それとも直接的で不躾な質問だったからなのかはわからないが、「それはしたいですよ」と語気を強めて直記さんは言った。

「相手は日系人かパラグアイ人か関係なく？」

「そうですね、ぼくの理想では日系人とかパラグアイ人とかあんまり関係なく結婚したいんですけど、やっぱり自分が一番話しやすい日本語を理解できる相手だったら誰でもいいっていうのはあります」

「それは日本語で生活したいってことかな」

「はい。パラグアイ人とかでも日本語しゃべれる人いますよね。そういう人とだったら」

「じゃあ子どもができたら、子どもにも日本語をしゃべってほしいってことだよね」

「そうですね」

「それは住むところがパラグアイであっても、アメリカとかヨーロッパとかであってもっていうこと？」

「自分は日本で生まれた日系人なんで日本語を受け継ぐし、そういうのを失くしたくないって思います。母国の言葉、日本人の言語というのを失くしたくないっていうか。日本人なのに日本語しゃべれないっていうのはなんかおかしい気がするっていうのがあるんで」

「じゃあ直記くんは自分のことは日本人だと思ってるの？」

「日本人だと思ってる」

「でも日本に住むかどうかはわからない？　あんまり住むところは関係ないってことかな」

「うん」

「なるほど。日本人として日本のどんなとこが好き？」

「そうですね、社会っていうか日本のキッチリしたところというのは好きですね」

「パラグアイの好きなところは？」

「パラグアイの好きなところは、ここだともう、都会っていうのが少なくてほとんどが自然。空気がおいしい。日本ではあんまり星とか見れなかったけど、ここでは夜になったらいつでも見れる」

「たしかに星はびっくりするほどきれいだね」

「ぼくは田舎のほうが好きなんですよ」

「でも日本にもあるよ、田舎」

「自給自足は？」

「自給自足は難しいかもね」

「ぼくは料理系に興味があるんですよ。そういうこと大学で勉強してみたいなって思ってて」

「料理の勉強っていうのは、シェフになりたいってこと？」

「シェフっていうのもありますし、居酒屋だったりカフェだったりとか、飲食店にちょっと憧れるっていうか」

「それは自分でお店を持ってみたいってこと？」

「いや、自分が店長みたいなのは向いてないと思うので、単に働くってことですけど」

「飲食店に興味を持つようになったきっかけはあるの？」

「親の料理の手伝いやってたし、家で飲み会するときなんかはちょっとしたおつまみをよく作ってて、おいしいって言われるのがすごいうれしいっていうか。ワクワクするんですよね。みんなも喜んでくれるから」

「わかる。料理作っておいしいって言われるのうれしいよね」

「最高ですね」

「なんかもう、自分は食べなくてもいいやってくらいじゃない？」

「そう。みんなが食べて、おいしいおいしいって言ってくれるだけでこっちはもう満足っていう感じ」

「好きな料理はなに？」

「カレーですかね。いつ食べても飽きないから。肉、ジャガイモ、ニンジン、玉ネギ。あと、うちの弟はナスが嫌いなんですけど、いま弟は学校の寮に入ってるから、いないときはナスを入れて作ったりとかしますね」

「ナスいいね」

「それでちょっと話はずれたんですけど、ほかに学びたいのは農業だったり家畜飼ったり、そういうのがやりたい。自分でも自給自足できたらいいなと思う。親がやってるみたいに畑を作ったり、うずらも飼ってるし、いろんなものを見て、自分のできることを増やしたい」

「ご両親はなんの仕事をしてるの？」

「基本、畑ですね」

「作物はなに？」

「いまはキャベツだったり白菜だったり、いろんなもの作ってますね。キュウリも作ってるしナスもある。ジャガイモ、カボチャも。あと果物ではメロン、パイナップル、バナナとかスイカとか」

「果物すごいね。それは売るの？」

「いや、自分たちで食べます。売るのはキャベツとか白菜とかナス。で、母親が収穫したキュウリなどを漬物にしたり、白菜を使ってキムチを作って、それを売りに出してる」

なるほど、自給自足の話が出てくるのもわかる気がした。将来は結婚して自給自足。そんなことができる環境なのはとてもいいなと思った。

食べものの話をしているとおたがいの関係がほぐれてくる。直記さんの言葉遣いもくだけてきた。ということで、もうちょっと赤裸々な話を聞いてみることにした。

「直記くんが最初に誰かを好きになったのは？」

「うーん、小学校の六年ぐらいかな」

「それは日系人だったの？」

「いや、パラグアイ人で。でも、好きだったっていうより、あのときはほんとに無邪気に、告白されたら好きになるみたいな感じだったんですけど。あんまり考えないで『いいよ』みたいに返事して。それからだんだん相手のことを考えるようになって、それでパラグアイ人と付き合うのはちょっとやめよっかなって思いました」

「え、なんで？」

「なんでっていうか、日本語でなら言えるのにスペイン語だったらどうやって表現したらいいのかわかんないっていう、そういうのがあって、ちょっと」

「ストレスになったってこと？」

「うん、ストレスにもなるし。言いたいことあるのに言えないってすごい自分もいらいらするし、相手も気にしちゃうから。『言いたいことあったら言って』って言ってくれるんだけど、日本語だったら言えるのにスペイン語でなんて言うんだよ、ってなってしまって、自分に腹立った。パラグアイ人でもいいけど日本語を完璧に理解できる人だったらいいなって思った」

「そういう人なかなかいないでしょ」

「そう、いないんですよね。スペイン語の幼稚園の話なんですけど、そこにも日系人とかいっぱいいいるわけですよ。幼稚園のころは日本語しかしゃべってないから、自分も含めてスペイン語あんまりしゃべれない子ばっかりだった。でもそこに、日本語ちょっと理解できて話せる（パラグアイ人の）子がいて、あの子のことはほんと好きだったなっていまになって思いますね。高校一年になってまた話し始めて『この子けっこういいじゃん』って思って」

「そうなんだ。最近はなにかないの？」

「最近だと、去年初めて日系人の彼女が出来たけど、なんかうまくいかなかったな」

「へえ。そういう関係って、すぐに親に紹介したりするの？」

「いやー、できないんだよね。恥ずかしいというか度胸がないっていうかで」

「でもさ、どこで遊んだりデートしたりするの？　付き合うってことはデートするよね？」

「そうですね。パラグアイ人にもアニメ好きな、日本で言うオタクみたいな人がいるんですけどね、そういうオタクのイベントが四月の始まりぐらいにエンカルナシオンであって、アニメのグッズなどをいろいろ展示してるんですよ。そういうところ行かない？　とかって誘った」

「それってさ、どうやって行くの?」

「彼女はちょっと離れた学校に通ってて、アパートに住んでたんですよ。で、週末になったらこっちにバスで帰ってくるから、じゃあ、バスで行こうよってなりますね」

「彼女はアパートにひとりで住んでたの?」

「ひとりですね」

「じゃあそっちに遊びに行ったりとかも?」

「それはなかったですね、なかなか行けなくて。度胸がなくて」

「そうなんだ。どれくらい付き合ってたの」

「三ヶ月ですね。……バスがある時間じゃないと会えなかった。一三時にこのあたりをバスが通るから、それまでに準備しておこうとか、そんな感じで」

「それ、お父さんお母さんにも内緒でってこと?」

「うん、いっさい言ってない」

「それでエンカルナシオンに行くんだ」

「そういうときは『友だちとエキスポ行く』って言って」

「ラパスで遊ぶことはなかったの?」

「ラパスだと、日会（移住地中心部にある日本人会館）の周りにちょっとした歩道があって、ベンチもあるんですけど、ああいうところを散歩してるみたいな感じかな」

「でもさ、それってすぐにみんなの知るところになるんじゃない？」

「そう。だからあんまりそういう歩き回るところないんですよね、このへんは」

「ばればれでしょ、『あれ、あのふたりなんだ？』みたいな」

「そうそうそう。最初『あんまり誰にも付き合ってること言わないで』って彼女に言われて、『内緒だよ』みたいな。でもすぐバレてたよね」

「そうするとみんな冷やかしたりするのかな」

「うん。冷やかしてくる。やっぱそうなるよね」

「やっぱり車がないと、このあたりは難しいよね？」

「あと、うちにバイクあるんですけど、あれでよく裏道から行ってた」

「あ、バイク乗るんだ」

「うん。免許持ってないけど警察にバレなかったら大丈夫じゃないですか。バレなかったら罪じゃないっていうか。パラグアイはそんな感じで、そういうところは緩いから」

「じゃあバイクの後ろに彼女乗せたりもあったのかな」

「いやそれはしないです。もしものこと考えてあんまり乗せたくなかったんですよ」

「そうなんだ。相手は同級生？」

「はい」

「ラパスに来てから知り合ったの？」

「いや、もっと前にピラポに住んでたときに。ピラポの一三区っていう地域で『新年踊り』があったんですよ。彼女はそこに来てて、それで、うちの和太鼓保存会の先輩が『あの子、ラパスにいる子だよ、可愛いだろ？』みたいに言われて。そのときはあんまり興味なくて、『ふーん』って感じだったんですけどね。それで、そのあとラパスに引っ越してきて『あ、ほんとだ、ラパスの人だったんだ』ってなって。ラパスに来てからバレーボールを始めたんですけど、うちらの年代は男子バレー部がなかったんです。女子バレー部はあった。そこのコーチが『男子も学びたかったらおいで』みたいなこと言って。それで、そんな感じで行ってたんですよね」

「それで仲良くなったんだ」

「うん」

「甘酸っぱいね」

「甘酸っぱいですよ、ほんとに！」

ぼくはにやにやしながら聞き、直記さんの口調は彼女の話になってから勢いが増した。

「でも別れるっていうときの理由が言い訳くさくて、ほんと自分でも納得いかなかったです」

「あっちから『嫌だ』って言われたの？」

「うん。自分は好きなのに、あっちからなんか急に言われた。いきなりすぎて『は⁉』ってなった」

「なんて言われたの？」

「なんか『最近余裕がなくて』って。『なんの余裕がないの？』って聞いたら、『いろいろと余裕がなくて』っていう感じ。だからなにそれってなって。まあ簡単に言えば、ぼくに冷めたって感じだったんですけど。冷める理由がないのに。『なんで冷めたん？』って聞いたら『冷める理由なんてない』って言ってて。『なんでなん？』って聞いたら『わかんない』って。『ぜんぜん自分もわかんない』って。そう言われたらもうなにも言い返せなかった。だから仕方なく……」

「ドンマイ」

「ふふふ」

「それはもうしょうがないね。ヨリ戻したいとかあるの？」

「そりゃあある、でもいまアスンシオンのほうに引っ越したんですよ」

「それは遠いね」

「かなり遠いじゃないですか」

「アスンシオンのほうに行こうとかは思わないの？　そういう恋愛とは関係なくても。つまり、日本だったら東京に行こうみたいな感じで、若い子は思う人多いと思うんだけど。アスンシオンの大学に行く！　とか。仕事はアスンシオンで、とか」

「ああ、それもあるっちゃあるけど、できたら家の近くがいいなって思ってますね」

「そうか」

「でもなー、告ったタイミングもあんまり良くなかった気がする」

「直記くんから言ったの？」

「あっちが誰かにふられたってわけじゃないけど、なんかけっこう落ち込んでるタイミングで仲良くなって、それで告った。なんかちょっと凹んでるような感じだったんですよ」

「なにかあったのかな？」

「そうそう。で、ぼくはそこを突いた、みたいな感じ。言い方悪いですけど。ノリで告って、相手もOKしてくれたけど、相手は現実逃避したいとかそういう感じだったんじゃないかな」

　直記さんは照れながらも苦虫を噛みつぶしたような顔になっていて、ぼくは相変わらずにやけ顔だった。

ところで、直記さんは「日本人」と「日系人」という言葉を同じ意味として使ったり、違いのあるものとして扱ったりしていると思った。どの場面で、どちらの言い回しを使うのかということについては、規則性がはっきりとあるわけではなかった。いや、細かく見ていけば、きっと彼なりの使い分けがあるはずだ。けれどそのルールを見つけることよりも、直記さんの内面で「日本人」と「日系人」とが混ざり合いながら揺れているということに、意識を集中して話を聞いているほうがおもしろかった。日系のコミュニティに住み、パラグアイの教育を受け、ふたつの言葉を使うとき、○○人という括りの意味は霞むかもしれない。

いっぽうで日本という国の内部にいる日本人が、自分は日本人だ！　と意識することにはどのような意味があるのか。最近のテレビやインターネットでは、時には外国人の発言や行動などを引用しながら、日本人であることを強調する場面に頻繁に遭遇する。あれは直記さんがふたつの文化にいながら意識する日本人感とは違う。仮想的な遊びというかなんというか、ひどく内向きなせめぎ合いのような感じがする。その閉じた遊びは外敵がいないぶん気持ちがよいので、やめられなくなるんじゃないか、と思う。

河野光浩

　街の中心部の近くを通る国道沿いにラパス農協があった。工具や機械などが売られているホームセンターと、その裏には農業機械をメンテナンスする工場が併設されていた。河《こう》野《の》光浩《みつひろ》さんは、ホームセンターのほうで働いているという。農協の隣にあるガソリンスタンド内の売店のイートインスペースに、仕事の合間を縫って彼は来てくれた。

　光浩さんは当時二六歳のラパス日本人会の青年部部長で、先日のフットサル大会でもラパスチームのキャプテンを務めていた。ぼくはそのとき彼と話せなかったが、安藤さんにつないでもらった。

　青年部というのは、ラパスに住む日系人の独身男性の集まりのことで、ラパス内で開かれる催しものの手伝いや準備をするのだそうだ。

「だいたい雑用係なんすよね、力仕事は青年部がやらされる。メインは一月末か二月頭くらいにある夏祭りで、地区（移住地のこと）によってやり方は違うんですけど、ラパスの場合は主催が青年部です」

　光浩さんは、物腰は柔らかく口調も丁寧で、人当たりがいい好青年という印象だった。さすが部長さん、と思った。エンカルシオンで生まれ、一二歳までラパスで育ち、その後イグアス移住地に六年、高校卒業後はアルゼンチンの大学に通った。心理学を専攻していたという。

「いまは農協で、いわゆる売り子の立場なんですけど。いずれは心理学を活かして人事部とかいけたらいいなあって思ってて」

心理学で人事部というのがつながらないぼくに、光浩さんは丁寧に説明してくれた。

「心理学というと、イメージするのはクリニックでカウンセラーとしての仕事だと思うんですよね。それはもちろん王道で、それを目標にみんな勉強するんだと思うんですけど。そのほかにも、日本語でどう言うかよくわかんないですけど、スペイン語で言うとpsicología laboral（労働心理学）っていう、まあ仕事の分野での心理学で、そっちのほうを専攻したいなと思って。おもに人材の確保や職場に入るときのインタビュー（面接）で適合試験的なものを取り扱ったり、それ以降ですと新しい人材の育成だったり、セミナーとかやったり。motivación《モティバシオン》っていうのは日本語でなんて言うのかな？」

「そのまま、モチベーションでいいと思います」

「働く人のモチベーションを上げるだったり、事故の防止に取り組むだったり、そういうことをやっていけたらなあと考えているんです」

わかりやすい説明で、しっかりした人だなあと思った。だけどそういう人物を目の前にすると、ぼくはいちいちその裏側を見たくなってしまうので、もうちょっと彼の芯なるものをぶれさせてみたいと考えた。

「いま独身ですか？」と、ニヤニヤしながら聞いてみた。失礼な話である。というか独身男性の集まりである青年部の部長なんだからそりゃそうだ。とはいえ彼のような人物はきっと放っておかれないだろう。

案の定、光浩さんは照れ臭そうに言った。

「一応婚約してまして。来年のいいころに式を挙げたいと思って、いま頑張ってるところです。それもあって青年部の部長をやらされたんですよね。今年は『青年』の最後なんです。結婚以降はもう青年部は卒業ですから」

「相手はこっちのラパスの方ですか？」

「いや、ピラポの方ですね」

「じゃあ日系の」

「はい、日系の。同じ日系三世です」

日系人の彼女ということで、直記さんと話したときに感じた、日本人／日系人の使い分けのことが気になった。

「ふだん、その彼女さんとの会話は日本語ですか？」

「だいたい日本語ですね。パラグアイとボリビアぐらいですよ、移住地でこんだけ日本語が強く残ってるのは。あとやっぱ、その地域の元のcultura（文化）が強いとこは日本語は押され気味で。ブラジルとかアルゼンチンとか、地元の人がほんとぶれないじゃないですか。そういうとこは、日本語はだんだん失われていってるっていう感、ぼくはすごくあると思うんですよね」

「それに比べてパラグアイっていうのはあんまりってことなんでしょうか」

「すごく日本語が残ってる場所だと思いますね」

「それはパラグアイの文化がそんなにってことですか？」

「そうですね。パラグアイは、ふたつ大きい戦争をして、だいたいそのふたつが終わったあとにいろんな移民が来たんです。戦争で労働者が少なくなったから」

パラグアイは、ブラジル、アルゼンチン、ウルグアイの三国同盟軍を相手に戦ったパラグアイ戦争（一八六四―一八七〇）で成人男性の三分の二以上（九割とも言われる）を失い、さらにその六〇年後の対ボリビア、グラン・チャコ戦争（一九三二―一九三八）により国内はさらに疲弊し、それは現在でも尾を引いていると言われている。

「あとぼくが個人的に思うのは、財力だと思うんですよ。パラグアイで日本人って言ったら金持ちっていうイメージがあるんですよね。偏見でもありますけど、でも、やっぱりある部分は合ってると思う。ほかの国（の日系移民）と比べても、農協もけっこうデカいですし。日本人会や日本語学校を維持できるっていうのは、その地域の日系人に多少財力があるから成り立つんだとぼくは思ってるんですね」

「なるほど。では、将来的にお子さんもできるかもしれませんが、その子どもには、日本語をしゃべれるようにしていきたいですか？」

「もちろん、それはそうですね。いろんな国に行くことがあって、やっぱ二ヶ国語をしゃべれるっていうのがすごく、ほかの人は持ってない、よいものなんだなって思いましたね」

光浩さんもやはりスペイン語の身体性を持ちながら、日本語をしゃべっているところがある。たとえば、パラグアイという単語を発するときは、カタカナのパラグアイというより、スペイン語のParaguayの発音だ。実際、スペイン語と日本語のどちらがしゃべっていてより楽なのだろうか。あるいはどちらも違いはないのだろうか。

「ぼくはわりかし、しゃべるほうは両方問題ないと思ってるんですがね。スペイン語も日本語に負けないぐらい話せる自信はあります。ただ、書く部分ではダントツでスペイン語ですね。日本語は漢字とかすごく忘れてましして」

彼らとメッセージのやりとりをすると、日本語の文がローマ字の綴りで送られてくることがよくある。たとえば、「genkidesuka」というふうに。書いたり読んだりするのは、アルファベットのほうが楽なんだろう。テレビは、ほとんどNHKを見るというから、音として彼らは日本語を捉えていると言えるかもしれない。

直記さんや光浩さんと話していておもしろいなと思ったのは、彼らはあくまで日本語をメインにして考えているという印象を受けることだった。「スペイン語も日本語に負けないぐらい」という表現からもそれが推測できる。けれども、読み書きでは光浩さんが言うようにスペイン語のほうがすぐに頭に入ってくるというのは、ぼくには想像はできても実感できるものではなかった。というのも、彼らの使う単語のいくつかは、ぼくにとってはまず文字（漢字）があって意味を理解し、そのあとに音として覚える、という類のものであったからだ。たとえば「偏見」とか。同じ単語でもべつのプロセスをたどって腹に落ちているのかもと考えると、うらやましいとともに興奮する。

なお、念のため触れておきたいのは、彼らはけっして漢字が書けないわけではない。苦手意識があり使うのに手間もかかり、アルファベットのほうが楽、ということである。だから日本語の単語を漢字→意味という順番で取得する可能性は大いにある。ぼくが言いたいのは、漢字で書く「偏見」よりも、アルファベットで書く「henken」のほうが伝達のスピードが速いというのが、ぼくにとっては衝撃的だった、ということ（興味深いことに、スペイン語ではH音は発音しないので、「偏見」をアルファベットにするとするならばgenkenもしくはjenkenとなるはずだが、日本語の文章をアルファベットで書く場合は、いわゆるローマ字読みを利用しているそうである）。

光浩さんの祖父は広島県の出身で、光浩さん自身も一三歳のときに、広島市の招待で一〇日ほど広島に行ったそうだ。ぼくはこのころ、日本人であることとの意識が強いのであれば、将来的には日本に住みたいと思うのではないだろうかという考えがどこかに残っていて、そのことを確認したい気持ちもあって、将来についてどう考えているのか質問した。

光浩さんはしっかりとした口調で以下のように話してくれた。

「ぼくはパラグアイに、そしてラパスに残りたいと思っています。近い将来で言うと、ちゃんとした家庭を作って自立できてて、みたいな。で、もうすこし遠い話をすると、もちろんどうなるかはよくわかんないですけど、ここに住むってことはここの社会を良くしていかなきゃいけないと思う。自分が住んでいる社会ですし。住みやすく、日系人がみんな公平に差別とかないようにしたい。もちろん日本人だけに偏ったやり方じゃなくて、日系社会とパラグアイ社会との共存みたいなことも考えていかないといけない。そういうことに役立てたらいいなって思ってるんです。教育の面に携われたらとか、もっと大胆に言うと政治家になったりとか」

「教育改革みたいなことですか」

「改革とまでは言わないですけど、汚職とか……。南米全体がそうなんでしょうけどね、クリーンなイメージはぜんぜんないんですよね。資源は限られてるし、資金も限られてるし、そういうのをもっと、個々人の利益じゃなくてみんなが裕福に豊かになれるような、公平な社会ということは考えてますね」

日系社会と同時にパラグアイ社会についても、よくしていきたいと考えているというのは、パラグアイに暮らしていく上で当然のことにも感じる。しかしここでも、光浩さんの「日本」と「日系」という単語の使い方が揺れていて気になった。ぼくはちょっと意地悪な質問をするつもりで、直記さんのときと同じく、自分のことをパラグアイ人だと思っているか日本人だと思っているか、聞いた。光浩さんの答えは、ぼくの予想からすると意外なものだった。

「ぼくは自分のことはパラグアイ人だと思ってます」

「日本人だとも思ってる?」

「いやー自分はパラグアイ人ですね。現に今日遅刻してきたし」

「いやいやそれはぜんぜん大丈夫ですよ」

「日本人だったらもっと時間にキッチリなんだろうなみたいな」

「それはつまり、日本人はたぶんこうだろうっていうのに対して、自分はちょっと違うっていうふうに考えてるってことなんですか」

「はい。まあそうですね」

こうした発言とは裏腹に、ぼくは、光浩さんのメンタリティがもっと複雑である印象を受けた。単にパラグアイ人というには、日本人としての意識を強く感じるし、しかし、日本人というには（こういう言い方をしていいのかわからないが）本人のなかで足りないものがあると感じているのかもしれない。だから、ぼくがした質問はそもそもずるく、誘導尋問のようなものだった。

ぼくはそれでも、自分の興味を追究するがごとく、アイデンティティについての話を続けた。というのも、ぼく自身、国籍だけを考えれば、日本人とペルー人の両方の権利を持っていて、どちらの国でも国民になっている。いっぽうで、国籍というのは単に「政府」という、（自分からすれば）実体を感じられない存在から与えられる切符のようなものであって、自分のアイデンティティとは本来関係ないものではないか、という気持ちもないわけではない。振り払いたいけれど、かならずついて回るもの、みたいな感じとも言える。ふたつの国家のあいだでアイデンティティを考えなければいけないのだとすると、その行為は常に政治的になってしまうから、その揺れを解消したいという思いがどこかにあって、光浩さんがなんでも実直に語ってくれるから、そのことを彼に負わせようとしたのだ。

「駐日パラグアイ大使って歴代、日系の人が多いですよね[註6]。やっぱり日本語が通じるっていうのもあるのかな」と、ぼくは光浩さんと日本という国をいつまでも切り離そうとせず聞いた。ぼくはもう、「日本推し」をしたいテレビ番組と同じようなものだった。どうしてこうなってしまったのか。それでも、光浩さんは思うことを話してくれた。

「いずれはそういう仕事もできたらって思ったことはあります。やっぱ政治っていうのはコネなんで、日系社会にいることでコネが増えたらいいなーみたいなのは思ったことありますけど、そんなに具体的に考えたことはないです。駐日大使だったタオカさんはパラグアイに帰ってきて、いまの大統領の補佐というか、相談役みたいなのをやってるんですよね。だから、大統領にまでならなくても政治に関してちょっとは意見できる立場に日系人がいたほうがいいと自分は思ってます」

「タオカさんはどこ出身なんですか？」

「ラパス出身です。ラパスに住みながら、その仕事をしています。あと日会の会長もしています」

「すごいですね」

「いい例だと思うんですけどね。去年のラパス市の選挙でタオカさんは立候補してたんですよ。でも勝てなかった（タオカ氏は初代ラパス市長でもある）。もう、ただ日本人だからっていうのでは通用しないようになってきたんだと思うんです。これにはぼくたちもちょっと学ぶべきことはあって、そんなに簡単ではないなって。やっぱある程度の地位がないと、ものを言っても届かないなっていうのは身に沁みてわかるようになってきた。自分がやりたいことをやるには相応の財力と権力がないとだめだな、みたいな。まあだから今回青年部の部長にって話が出たときも拒むことはなかった。いい経験だしやってみようかなって」

「大事ですよ、そういうのは。あんまり政治の話ってしないのかなと思ってたから」

「基本的に関心ないですね、みんな。現にタオカさんが立候補する前の市長は、日系人だったんですよ。たとえば、その人の息子さんは『政治なんて知りたくない』みたいな感じ。でもなかには何人かね、『市長にまでならなくてもいいけどその補佐とかには絶対に日本人がいたほうがいい』って言う人はいますよね」

「なるほど。ラパスのなかで日系人の影響力を持っておきたいみたいな、そういう考え方

6 正確には、二〇〇四年〜二〇〇九年のイサオ・タオカ氏、二〇〇九年〜二〇一七年のナオユキ・トヨトシ氏の二名。

ですよね」

「それもあります、もちろん。『現地の人を信じてない』とは言っちゃいけないんだろうけど、『現地の人と日本人だったら日本人のほうが絶対ちゃんとやってくれるよね』みたいなふうに思ってるところはあります」

「そうなんですね」

「日系の社会は、組織で動くのがもともとうまいんだと思います。婦人会は婦人会で婦人部長・副部長といて、でまたラパス市のなかでも日会のなかでもそういうのがまたあって。ちゃんと組織化してますし」

「じゃあ、さっき光浩さんが自分のこと、パラグアイ人だって言ってたのはどういう感じなんでしょうか？　というのも、たとえば市長とか、あるいはその影響力のある役職などのなかに日系人がいたほうがいいと言うことと、自分はパラグアイ人だと言うことって、ちょっと矛盾しているところがあるように感じてしまうのですが……。『日系パラグアイ人』という感じですか？」

「ああ、そういうふうに考えたことなかったですね。でもたしかにそうかも。同じパラグアイ人でありながらも、無意識にあるのかもしれないです」

秦泉寺明

光浩さんの話を聞いている途中で、たまたま秦泉寺明《じんぜんじさや》さんが店にやってきた。彼女は二二歳の女性で、フットサル大会のあとにエンカルシオンの日本食屋「ヒロシマ」で開かれた打ち上げですこし話をした。秦泉寺という珍しい名字は高知に多いものらしく、彼女の祖父も高知出身だということである。

パラグアイで洋裁学校（と料理学校）を卒業した彼女は二〇一六年、東京は新宿にある文化服装学院に一年間研修生として通った。毎日の課題がたいへんで遊ぶひまもぜんぜんなかったらしい。

「ヒロシマ」で聞いたのは、パラグアイに帰国後、日本人の友だちとはあまり連絡をとらなくなってしまったことや、東京で仲良くなったのはむしろ外国人たちだったということだった。

「わたしは、日系ではない外国人たちが泊まってる寮にいたっていうのもあったんだけど、東京に行ったらいろんな人種の人が集まってて、最終的に仲良くなったのはエジプトの人たち。けっきょく日本人とは一度も飲みに行かなかったな。そもそもわたしがお酒飲まないっていうのもあるけど」

彼女は引っ込み思案なタイプではなく、物事をはっきりと言う人という印象だ。友だちを作るのが苦手という感じはしなかった。正直に言うとぼくは打ち上げでけっこう飲んでしまったので記憶が曖昧なのだが、「日本人の友だちは、あんまりストレートなもの言いをしないから、なんとなく距離を感じてしまった」というような話をしていたと思う。せっかくまた会えたので、そのへんのことを聞こうかなと思ったが、友だちがナニジンかというくだらない話より、彼女が興味を持っていることの話を聞くほうが楽しかったので、日本人の友だちとのことはあまり聞かなかった。唯一聞けたのは、自分と同年代の子たちより年上の人たちと仲良くなるほうが多かったということ。

「なんか年上の人とのほうが気が合うんだよね。三〇代とか。若い人とあんまり話が合わなくて。なんていうか、キャピキャピした感じが苦手」

たしかに彼女は二二歳という年齢のわりに落ち着いた雰囲気があった。けれども、やりたいことに満ちているエネルギーを話の端々に感じた。そういう意味で彼女はキャピキャピしていた。

「わたしはすごい外に出たくて仕方がないんだよね。もうラパス《ここ》にいるんじゃなくてほんとに。言語学を勉強したいって思ってて。言語の起源とか、その歴史のこと、どこから言葉が来てどうやって変化していったか、とかを勉強したい。わたしが一番好きなのは言語で、その次に料理で、その次が洋裁。絵も大好きなんだけど、絵ってやっぱアートでしょ。言語もアートなんだよね。エジプトの象形文字に興味があって、そういうのを研究してみたい。とにかく文字を読むとか書くとかがすごい好きなんだけど、そういうのを深める勉強ってここじゃできないから、チャンスがあれば外に出てそういうことをしたいなって思ってる」

東京でエジプト人たちと仲良くなった影響もあるのだろうか、アラビア語やアラブ文化にも興味を持っているようだ。スペイン語とアラビア語の類似性についての話が楽しい。たとえば、スペイン語で「牛」のことは「vaca（バカ）」と言うが、アラビア語では「بقرة（バカラ）」というらしい。砂糖は「azúcar（アスカル）」で、アラビア語では「سكر（スュカル）」、シャツを意味する「camisa（カミーサ）」は「قميص（カミース）」、ズボンの「pantalones（パンタロネス）」は「بنطلون（パンタロン）」というふうに、単語が似ている。つまり、歴史的に相互に影響しあっているということ。こういう話はぼくもとても好きだ。ぼくにとって響きが好きなスペイン語の単語のひとつに、「¡ojalá!（オハラ！）」があって、日本語では「そうだったらいいのに！」というような意味。これはアラビア語の「イン・シャ・アラー（もし神がお望みになるのなら）」から来ているらしいというのを、アルゼンチンの友人から聞いた。こういう話を聞くと、より好きになる。

明さんは、そのほかにもロシア語や韓国語も勉強しているらしい。

インタビューをした六月の半ばは、ちょうどラマダンの時期で、イスラム文化にとても興味を持っているアラブ系の人たちの様子を絵に描いたと彼女は言った。イスラム文化にとても興味を持っているようだ。ぼくはそもそも（ラマダンじゃなくても）飲酒できないのは難しいのだが、彼女はお酒を飲まないし、イスラム教の教えに考えが合うところもあるということだったから、試しにラマダンの断食をやってみたら、と言ってみた。

「やってみたいけど、実家にいる限りはちょっと難しい。親たちがすごい心配する。テレビで見るイスラム教関連のニュースってテロのことばかりだから、どんなに説明しても、『イスラム教＝テロ』ってなっちゃう。『そうじゃない人もたくさんいるよ』って言ってもぜんぜんわかってくれない」

たぶん、彼女の両親だけがそういう反応をするわけではなく、残念ながら日本でもそういうふうに思っている人は多いんじゃないかと思う。ぼくもその土地に行くまでは、テレビやネットで見聞きした情報から推測して、勝手に怯えることがよくある。で、実際に現地に行ってみるとそういう前情報は一部では正しいが、それがすべてではないことがわかる。「そうじゃない人もたくさんいる」というあたりまえのことを肌身で感じてようやく、情報を冷静に扱うことができるようになる。

たとえば自分が見聞きしたものを誰かに伝えようとするとき、どうすればその相手自身が実際に体験したかのような感覚を与えることができるだろうか。もしくは、自分が実際に行ったことのない場所や、会ったことのない人たちのことを想像するとき、どうしたらステレオタイプな先入観を持たずに、それができるだろうか。けっきょくのところ、ぼくが思うのは、興味を持つことができるかどうかが重要ということなんだけど。

「わたしはよく、遺跡とか古典とかのドキュメンタリー観るんだよね。そしたら、お兄さんの奥さんがそれを見て、『サヤ、そんなの観てるの？』って。ふつうの女子が観るようなドキュメンタリーじゃないから。でも、そういうのを観てるとすごいロマンを感じる。そういうことわかってくれる人、このへんじゃいないから、友だちともそういう話はあんまり話さない。話したいけど、相手につまらないと思わせるのも嫌だから」

光浩さんの地域社会についての視点と、明さんの外への憧れにも近い眼差しは、逆方向のベクトルに同じだけのエネルギーで引っ張り合っているように思えた。コミュニティに留まろうとする人たちと、そこから出ようとする人たちとが同じ場所に住んでいて、それでコミュニティができている。

「こういう、移住地に住んでいる人ってなかなか外の人を受け入れられないんだよね。人種差別的なというか。前にブラジル人の男の子と付き合ってたことがあるんだけど、それも親に反対された」

「それは、ここの日系の人じゃないとダメってことなの？」

「できればここがいいんだけど、(ラパスの) 外でも日系がいいってこと。日本人だったらなおさらいいのかも。とにかく親としては外の人でもラパスに連れてきて、こっちにずっと住んでてほしいみたい」

ぼくは外部の人間だから、究極的にはコミュニティの事情を語ることはできないが、それでもたしかに、そういう傾向があるように感じることもある。

どうして自分がそれを感じるかというと、自分にも、そして自分が属している日本社会にもそういう感覚がある、ということなんだと思う。自分たちの内部にはないもの、外からやってきたものを警戒し、拒絶する。それが差別と呼ばれてしまいかねないのは頭ではよくわかっているし、そうしないように努めたいと思う。けれど、外からの刺激に対して「適切な反応ができている」人はどれくらいいるだろうか。自分は本当にそんなことができているのか。

しかし同時に六〇年以上前に日本からやって来て、この地を切り開き、根を下ろし、違う文化のなかで生活するために蓄積された団結から、副産物的に発生しているかもしれないそういう意識を、安易に否定することはできないとも、ぼくは思った。

「そのときの彼と将来のことを話してたときは、もしかしたらブラジルでもなくパラグアイでもなく、その中間がいいかもって。中間ってどこ？　っていう話だけど。アルゼンチンでもいいしもっとぜんぜんべつの場所でもいいし。わからないけど。エジプトも絶対行きたいし、ペルーとかチリ、イースター島とかにも行ってみたい。とにかく外に出たいんだ」

ぼくがごちゃごちゃ考えたり、反省したり、コミュニティの閉鎖性に思いを馳せたりしたところで、当然だがそのことが明さんの将来を縛ることにはならない。彼女が見据えている将来の話は頼もしく聞こえてくる。

「やっぱり親っていうのは、自分の子どもの幸せを一番に願ってるものでしょう？　ふつうに日系人と結婚してふつうに嫁いで暮らしてほしいんだろうね。だけど、わたしは昔からそういう考えがぜんぜんないんだよね。お父さんお母さんたちから『外国人はダメだよ』とか『日系人にして』とかって、ずっと言われ続けてきたから、わたしも三年、四年前までは『ここで勉強して、ふつうに生きていこうか』って考えたりもした。だから、ここでわたしが勉強できる好きなものって言ったら、料理のこととか洋裁のこととか、あと英語の勉強ぐらいだったけど。でも、自分が歳を重ねていくごとに、本当にこれでいいのかなって思うようになって。だって、本当にやりたかったこと、ずっと我慢して死ぬときにやっぱりやっとけばよかった、ってなるのも嫌だしと思ってね。だからいまは親と格闘してるところなんだ」

明さんは、「わかってくれないなら出て行く！」というふうにならず、しっかりと親を説得するつもりだという。彼女の曽祖父母はかつて日本から遠いパラグアイにやってきて、いま彼女はここにいる。そんな彼女にはきっと、〈移動するDNA〉みたいなものがしっかりあるのだろう。彼女は、足がかりとしてまずは日本にもう一度戻って、仕事をしながら勉強をするつもりだと言った。

日本に来たらまた会って話しましょうと言うと、そうだね、と言ってから、彼女はこんな言葉を使った。「Si Dios quiere（もし神がお望みになるのなら）」。

北川モニカ

いろいろな人の話を聞きに回ったり、風邪をひいたりしていたら、腰が痛くなった。ラパスにマッサージをしてくれるところがあって、施術師も日系の子だと聞いた。さっそく連絡を取ってもらい、日会のすぐ近くにある薬局に行った。店内に衝立で目隠しされただけの簡易的な診療スペースがあり、ベッドが置いてあった。二六歳の北川モニカさんがそこを間借りして、依頼があればマッサージをするのだそうだ。

　正直に言って、南米で受けるマッサージにはまるで期待していなかったが、モニカさんのマッサージはとてもよかった。マッサージというか施術だった。聞けばそれもそのはず、理学療法士だそうだ。エンカルナシオンの大学を卒業したあと、一年べつの仕事をして、それから福岡県移住者子弟留学生として福岡県内の福祉系の大学に一年留学したという。なぜ理学療法士になったのかというと「なんとなく」だそうだが、それで留学までするのだから、その仕事を気に入っているということなんだろう。いまはティラピスも習っていて、将来的にはそれも仕事に活かしたいらしい。

「ラパスにはティラピス《そういうの》ないから。いつかは店を持ちたいっていうのはありますね。ここだとマッサージしに来るっていうのは贅沢なことだと思っている方がまだまだたくさんいるので、そうじゃなくて必要な健康管理だと伝えたいと思ってます」

　モニカさんはぼくの状況を診て、マッサージだけではなく、温めたり、姿勢の矯正をしたり、テーピングをしてくれたりした。

　ぼくは体が固い。演劇のワークショップでストレッチを紹介することもあるが、その一切を自分でできないので参加者の信頼を得ることができない。そして、よく風邪を引くのだが、それは体が固いせいなんじゃないか？　と常々考えていたので、モニカさんにその疑問をぶつけてみた。「それは聞いたことないです。たとえば肩こりがひどいと循環が悪くなるから、頭痛の原因になったりはしますけど」。いずれにしても固くないほうがいい。もしもモニカさんがお店を持つなら、やっぱりラパスがいいと言う。「生まれもラパス、ずっとラパスで、高校と大学はエンカルだった」。

彼女はこの先も、ずっとこのラパスに住んでいきたいそうだ。都市に興味はないのか聞いたが、パラグアイから比較的近いブラジルのサンパウロは人が多すぎてあんまり、アスンシオンならまだ大丈夫だけど、とのことだった。

この移住地で何人かの若者たちに会って話を聞いてきたが、モニカさんと同じように将来も移住地のなかで暮らしていきたい、というふうに考えている人が多い印象だった。むしろ明さんのように明確に外へ外へという意志を持っている人は珍しいみたいだ。

だが、移住地に住む若者の多くは、一度は日本という両親や祖父母の故郷を訪れている。それは学生時代の研修だったり、親の仕事の関係だったり、あるいは留学だったりするが、そういう、外であり内でもある日本（のどこかの街）を見て体験して、「それでもラパスがいい」と思うのは、六〇年以上の月日を経て、移住者たちが土地に根付いたと言うこともできる。パラグアイの地に住みながら、故郷として内面化されてきた日本を受け継ぎつつも徐々に客体化させていくのが、これからの若者なのではないか。

そして、そうすると、清一さんが言っていたように、ブラジルやアルゼンチンのように、日系社会自体が徐々に日本から離れて行くかもしれない。もしくはペルーでぼくが見たように、日本とはべつの「日本」を内面化させていくのかもしれない。そんなふうにも考えた。まあいずれにしても、せっかくバイリンガルなのだから、もっと外に向かっていく人が多くてもいいんじゃないかなとも思うのだけど。

ラパス移住地では、日本には一度も行ったことがないという農家の若者や、自家製の梅干しを旅のお供にと瓶に詰めて渡してくれた二世の女性、戦争体験を聞かせてくれた一世のおばあちゃん、宗教の普及に日本からわざわざ移住地にやってきている一派の人たちなど、たくさんの人に会った。相手の家を訪ねるとたいてい煎茶が出され、家のなかではNHKの衛星放送を見ていた。ぼくもペルーの祖母の家で、よく「のど自慢」を見たり、朝ドラを見たりしていた。知り合いの俳優がNHKに出ている場合には、国内だけじゃなく、南米でも（というか世界中で）見られてるよ、と伝えたい。

二週間も泊めてくれた安藤さん一家に見送ってもらい、イグアス移住地方面へ向かうバスに乗った。駿斗くんは「もうすぐぼくの誕生日なのに」と言いながら、別れを惜しんでくれた。そういうのにぼくはすぐ泣きそうになるから、イグアスに行ったらラーメン屋に行くんだ、みたいな話をしてごまかしていた気がする。バスは思ったよりすぐに来た。わりと豪華なバス。せいぜい三時間程度でイグアスに着くだろう。

イグアス移住地は、イグアスの滝で有名なブラジルのフォズ・ド・イグアスやアルゼンチンのプエルト・イグアスへと接続する国境の街、シウダー・デル・エステから四〇キロほどのところにある一万人ほどの人々が住む街だ。ここには何度もお世話になっている人がいるので、顔を出すのが目的だった。

3 Paraguay パラグアイ

蜜蜂の巣箱

イグアス移住地で安いビールを飲み、ほかの旅行者といっしょにすき焼きをやったり、日本でも近所にあったら通うだろうなというくらいうまいラーメン屋に行ったりしていると時間があほみたいにすぐ過ぎるので、気を引き締め、重い腰を上げてバスに乗り、西へ五時間ほど行った。そこは首都のアスンシオンで、二五年前の思い出が溢れてくる。自分にとっては、こんなに気持ちよくいられる都市もない。街が近づくだけで気分が上がってくるのがわかる。子どものころの記憶は、くり返し自分の身体に影響を及ぼしているのだと思った。

アスンシオンは森のなかに都市があると言われるほど、街中を木々が覆っている。日本の桜のような感じで、たくさんのマンゴーの木があり、シーズンには大きな実をつける。この街でマンゴーを買って食べる人などいないんじゃないかと思うくらいに、あるのがあたりまえだ。

パラグアイは南米で初めて鉄道を開業させた国でもある。かつてはブエノスアイレスまで国際列車が出ていたこともあったらしいが、現在、運行はほぼしていない。旧アスンシオン中央駅は鉄道博物館となり、当時の蒸気機関車や食堂車などを展示している。街の一九世紀のヨーロッパ風建築はくたびれ、舗道のタイルがいたるところで割れたままになっている。中心部にある公園では、平日の昼間でも木陰にあるベンチに座って老若男女がテレレを飲んでいる。彼らは氷水の入ったポット、マテの葉が詰まったグアンパ、そしてボンビージャというテレレ三点セットを携帯している。公園の入口にはテレレおばさんがいて、日本円にして一〇〇円くらいでそのテレレセットを貸してくれる。それで二時間くらいは、公園のベンチでテレレを飲み続けることができる。もちろん治安の悪いエリアもあるし銃犯罪も起きているし、夜はとくに警戒が必要だが、ぼくにとっては、街全体がハンモックみたいになにもしなくていいところ、という特異な印象がある。

中心部から一五分から二〇分くらい歩くと「内山田」という、朝食に味噌汁とか卵焼きとかが出てくる老舗のホテルがあって、パラグアイに来たことのある日本人は絶対に誰もが知っている。併設のレストランの名前は「SUKIYAKI」で、すき焼きのほかに、寿司、天ぷら、ちゃんぽんとか蕎麦とか基本的になんでもある。近所には韓国料理屋も多くあって、かなり良質な牛肉を本場の味付けで食べることができるので、ぼくはよくそれを食べに行く。もちろん中華もある。これまた老舗の高級日本食レストラン「ヒロシマ」に行ったとき（エンカルナシオンでフットサルの打ち上げ会場になった「ヒロシマ」とは姉妹店）、常連らしきパラグアイ人が刺身と味噌汁を頼み、卓上の醤油をぜんぶ味噌汁に入れて飲み干していた。ここはいったいどこなんだろう、という錯覚と混乱を起こしそうだ。パラグアイではどうしてそんなことになっているのか、その秘密を知るために、ぼくは内山田じゃなくてべつの、最近移住してきたという日本人夫婦がやっているゲストハウスに荷物を置かせてもらって、アスンシオンからバスで二、三時間くらいのところにある、パラグアイで初めてかつ太平洋戦争前に唯一設立されたラ・コルメナ日本人移住地へ向かうことにした。そこに行くのはこのときが初めてだったが、アスンシオン在住の、かつてぼくが通った日本人学校の教頭だった岸田先生に知り合いを紹介してもらっていたので、気楽な心持ちだった。

ラ・コルメナには昼になる前に着いた。パラグアイはほとんど山がない国で、バスはずっと草原を走り、木が多くなったり少なくなったりするのを眺めていたらいつのまにか寝ていて、エンジンが止まる音で起きた。バスターミナルは町の中心から徒歩で五分くらいの位置にあり、簡易的な屋根があるものの、ただの広場のようなところだった。まず地図を頼りに宿に向かった。道すがら、町の中心にPlaza 15 de Mayo（五月一五日広場）という公園があったが、ひとけはほとんどなく静かだった。その公園にはパラグアイと日本の国旗が掲揚してあり、ここが日本人移住地であることをささやかに表現していた。

このラ・コルメナ市の人口は約五五〇〇人で、そのうち日系人は三八〇人程度だという。一九三六年にこの移住地は建設された。そのきっかけとなったのは、日本人移民の増加を警戒したブラジル政府が、一九三四年に外国人移住者の受け入れ人数を制限したことである。直近一〇年間に南米へ渡航した日本人移住者一五万人のうち、実に一四万人がブラジルへの移民だったという。なお、一九二四年にアメリカで施行された「排日移民法」により、アメリカへの日本人移民が禁止された影響で、ブラジルやペルーへの移民が促進された背景がある。

日本政府がブラジルに代わる移住先として選定したのが、隣国パラグアイだった。試験的に一〇〇家族の受け入れがパラグアイ政府より許可され[註7]、ブラジルや日本から、このラ・コルメナへの入植が進んだそうだ。町のなかには、Kunito Miyasakaという通りや公園があった。ラ・コルメナの土地は、海外移住組合連合会専務理事であり、ブラジル拓殖組合の最高責任者だった宮坂国人の名義で購入された。

ところで、ラ・コルメナというのは、スペイン語で「蜜蜂の巣箱」という意味で、「勤勉な日本人」にふさわしいということで名付けられたらしい。蜜蜂のように働けというのは恐ろしい気もするが、実際、アスンシオンから一三〇キロのところにあるこの土地は入植当時原生林で、移住者たちはろくに食料もない環境のなか、木を切り倒し、小屋を建てて昼夜働いたそうである。綿花や豆類などの栽培を経て、現在のラ・コルメナは果樹や野菜栽培で知られている。

宿にチェックインしたあと、岸田先生に紹介してもらった根岸さんのところへ向かった。根岸さんはラ・コルメナの日本人会会長をしていたこともある方で、バスターミナルの近くのメインストリート沿いで、食料品のほか、文房具などの日用品もそろう根岸商店という老舗の小売店をやっていた。店内にはジャガイモの大きさを見比べている老婦人がいて、ガラスケースのカウンター越しにその女性と話していたのが根岸さんだった。彼は四〇代半ばくらいの背の高い男性で、ぼくを見つけると、「もしかして岸田先生の?」と日本語で話しかけてくれた。パラグアイ唯一の戦前からある日本人移住地に興味があって来たことを伝えると、根岸さんは「夜に近所の仲間の家で飲み会やるから来たらいいよ」と言ってくれた。ぼくは根岸商店で水を買って、それから夜までのあいだ町を見て回ることにした。

7 これを受けて海外移住組合連合会の職員三名が、一九三六年五月一五日にラ・コルメナ移住地に到着。パラグアイの日系社会ではこの日を入植記念日としている。

14 de Mayoというメインストリートを軸にアスンシオン方面を背にすると、根岸商店は通りの右側にあり、反対側にはカトリックの教会、そこからPlaza 15 de Mayo方向ひとつ先のブロックに日本文化協会があった。一ブロック丸々がその敷地で、公園に隣接していた。それは赤煉瓦造りの建物だったが、門や屋根の形状が日本らしさを醸し出していた。外から見えるところには竹の柵で囲まれた庭があって、小型の日本庭園のようだった。そのすぐ隣にはラ・コルメナ移住地八〇周年の記念碑があった。それがそのままこの国における日本人移住の歴史の年月となっている。あとで聞いたところによると、この建物は二〇一六年の八〇周年の記念事業に関連して建て直されたらしい。この建物のほかには、周りに背の高い建物はなく、緑が広がるほのぼのした雰囲気で、ほかのパラグアイの町と違わないようにも思ったが、通りのアスファルト舗装が妙にきれいで、それだけでもずいぶん洗練された印象を受けた。それはこの町の規模からすると不釣り合いにも思ったが、日本のお金が入っていることが容易に推測された。記念事業に皇族のひとりも来たらしいから、それを理由に整備されたのかもしれない。歩行者も車もほとんど見えなかった。

誰もいない公園《Plaza 15 de Mayo》は菱形になって14 de Mayoを遮っていた。当初この公園が町の中心だと思っていたが、その向こう側に行ってみると店が増え人通りも多くなり、どうやらこの移住地に住む日系ではないパラグアイ人たちの生活圏はこちら側にあるようだった。軽食を売る店や家電店、服屋などがあった。こちら側のアスファルトも建物もやや埃っぽい印象で、ぼくは歩きながらすこしだけ緊張感を持つことにした。

公園から二ブロックほど歩くと学校があった。敷地にはフェンスと有刺鉄線が張り巡らされていた。ここは太平洋戦争時、日本人収容所として利用されていたそうである。一九四二年にパラグアイは日本との国交を断絶し、首都アスンシオンにあった日本領事館は閉鎖され、日本語教育や旅行の禁止などを経て、一九四五年二月にパラグアイが日本に宣戦布告してからは、日本人の収容区としてここラ・コルメナが指定された。学校のフェンスや有刺鉄線はそこまで年月を感じさせるものではなかったが、自分たちが切り開いた土地の一角、一ブロックという狭い敷地に数百人の日本人が収容されていたことを想像すると、いたたまれない気持ちになった。自分がいま気軽にこの土地に立っていられることは、とても幸運なことに感じた。

夜になって、日本文化協会からアスンシオン方面へ五分程度歩いた場所にある、大分県出身の移住者である後藤さんという方の家に行った。根岸さんのほか、青年海外協力隊として派遣されていた隊員さんたちもふたり来ていて、そのときは餃子だったか牛肉だったか忘れてしまったが、そういうものをつまみながら、ビールを飲んだ。みんな日本語だった。

ラ・コルメナには二〇一一年の震災後に数家族、日本からの移住者がやってきていたが、古くから住む日系人たちとは断絶というか、価値観の違いからあまりコミュニティに馴染まない人もいるようだ。いっぽうで食品会社かなにかに勤めていた若者が心機一転この地に移住してピーマン作りに励んでいるとか。ラ・コルメナ出身の日系人の多くは、いまや首都アスンシオンに移り住んだという話も聞かせてもらった。酒が入って根岸さんが饒舌になり、後藤さんと農業の話をしていて、この場にぼくのような、どこの馬の骨かもわからない人間を自然にいさせてくれているのもありがたかった。協力隊の隊員のひとりは翌週に日本に帰国予定で、彼女は日本語教師として日本語学校で働いていたが、移住地ならではのコミュニティの狭さから来る苦労や、その反面の楽しさなどを語っていた。けっきょく二日連続で、彼らの飲み会に参加させてもらった。

ところでパラグアイでは、一九五九年に日本とのあいだに結ばれた移住協定により、八万五〇〇〇人の日本人の受入れが有効となっている。だがこれまでに日本から移住したのは六〜七〇〇〇人程度に留まっているそうである。現在でもその協定は有効であり、移住要件は世界各国と比べてもかなり容易であるそうだ。

ラ・コルメナでは三泊し、畑を見せてもらったり、コルメナ富士という山を畑から眺めたりして、その後アスンシオンに戻った。もうしばらくパラグアイでゆっくりしたいが、そうもいかない。このあとはブラジルのサンパウロに向かう。サンパウロには小学生のとき以来、二五年くらい行っていない。南米随一の大都市で、治安に関してあまりいい話を聞かないので、ちょっと緊張している。それにぼくはポルトガル語が話せないのだった。

4 Brasil

ブラジル

Brasil
ブラジル
Perú
Bolivia
フォズ・ド・イグアス
サントス
サンパウロ
Chile
Paraguay
シウダー・デル・エステ
プエルト・イグアス
Argentina
Uruguay

港町サントス

ブラジル・サンパウロ行きの国際長距離バスのチケットは、出発の二日前の金曜日にアスンシオンのバスターミナルの窓口で買った。七月になったばかりの日曜日、朝六時ごろ、宿を出てバスターミナルまで向かった。

日曜朝の街は閑散としていた。人も歩いていなかった。バスターミナルに着いても人はまばら。それでもすでに開店していた売店で水を買って、残っていたグアラニーはブラジル・レアルに両替し、七時発のバスに乗り込んだ。

バスはまずブラジルとの国境の街であるシウダー・デル・エステまで向かった（スペイン語で「東の街」という意味。日本語ではエステ市と書くこともある）。そこまでがだいたい六時間くらい。ここで降りる客と乗ってくる客がいて、運転手の休憩とおしゃべりを一時間くらい待って、いよいよブラジルへ。

ところで、エステ市は、免税の街として知られていて、外国製の電化製品が安く買えるため、日本人には「南米の秋葉原」と呼ばれている。ブラジルやアルゼンチンから多くの買いもの客が訪れるので、橋はいつも徒歩で渡る人や車でごった返している。橋のすぐ近くからビルが立ち並び、それぞれのビルに張り付いた液晶大画面がスマートフォンの新製品のコマーシャルを映し出している。通りには露店が並び、家電や服や靴下、変なアニメのキャラクターグッズなどが売られる。両替所もそこらじゅうにあって、道端には買いもの客を乗せようと、タクシーが無秩序に待ち構えている。細い路地まで道は混雑し、排気ガスの臭いもなかなかすごい。橋のほうから見るビル群と液晶ディスプレイの景色は、たしかに南米の秋葉原と言われたらそんな感じがするけど、路地を歩くともっとカオスティックな場所という感じがする。泥棒もめちゃくちゃ多いらしい。

このエステ市があるパラグアイとブラジルの国境には、世界で九番目に長いパラナ川[註1]が流れていて、そのあいだに「友情の橋」と名付けられた橋がかかっている。エステ市からこの橋を渡ると、ブラジル側の国境の街、フォズ・ド・イグアスである。このエリアでは、その都度の出入国の手続きが必要なく、ブラジルとパラグアイのそれぞれ三〇キロ圏内については自由に行き来できる。

フォズ・ド・イグアスのことをぼくはあまり知らない。ここは、世界最大の滝であるイグアスの滝のブラジル側の観光拠点で、パラグアイにいる旅行者はビザなしでイグアスの滝観光が可能なので、基本的に通り過ぎるだけ。エステに比べると落ち着いていると思う。店も少ない印象(本当はけっこうあるはず)。道路の舗装がパラグアイ側に比べてしっかりしている、という感じ。

フォズ・ド・イグアスの南側にあるのは、アルゼンチンの国境の街プエルト・イグアス。イグアスの滝のアルゼンチン側に行こうとするとこの街が拠点になる。プエルト・イグアスはいかにも観光地という感じで、バスターミナルを中心にレストランがたくさんあり、あとは住宅街だ。治安はそれなりにいい印象を受けた。

なお、アルゼンチン側に入るとき出るときは、かならず入国管理局を通過しなければならない。この三国のあいだには直通の路線バスが運行されているが、プエルト・イグアスを出発したバスはアルゼンチン側の入国管理局でのみ停車し、乗客を待つ。だが、ブラジル、パラグアイの入国管理局は運転手に申告しないとそのまま通過してしまう。先に書いた通り、フォズ・ド・イグアスからシウダー・デル・エステ間のエリアにいる限りは、出入国の手続きが必要ないからだ。

アルゼンチン人を例に取って説明すると、この人はシウダー・デル・エステで買いもの

---

1 https://www.mofa.go.jp/mofaj/kids/ranking/river.html

をしたいと思っている。アルゼンチンの出国手続きを済ませれば、ブラジルを通り、パラグアイに入るが、このアルゼンチン人は、どちらの国でも入国手続きをしなくてよい。シウダー・デル・エステで買いものをし、バスに乗って、ブラジルを通り過ぎ、アルゼンチンに戻るときに入国手続きをする。

これは便利なようで混乱する。たとえば、アルゼンチン側から来た旅行者が、アルゼンチンを出国し、そのままブラジル側、あるいはパラグアイ側の入国管理局を通らずに入国し、そのまま旅を続けてしまうと不法入国となってしまう。逆に、パラグアイ側もしくはブラジル側で出国手続きをせず、アルゼンチン側に行こうとすると、アルゼンチンへは問題なく入国できるものの、パラグアイもしくはブラジル側ではその人はまだその国内にいることになってしまうというわけである（ぼくは一度これをやってしまった）。

いずれにしても今回ぼくが乗ったのは、アスンシオン発サンパウロ行きのバスで、フォズ・ド・イグアスの三〇キロ圏外へ向かうため、すべての人がパラグアイ、ブラジルの両側で出入国手続きをする。バスはちゃんと止まってくれたので、うっかり不法入出国してしまう心配はなかった。

エンカルナシオンのブラジル領事館で取得した観光ビザで、すんなりとぼくはブラジル入国を果たした。このときたしか一五時を回ったくらい。ここからポルトガル語の世界へ入っていく。

フォズ・ド・イグアスからサンパウロまでの道中、夕食と朝食のために二度レストランに寄って、ビュッフェを食べた。以前、チリからアルゼンチン、パラグアイからアルゼンチンへの国際バスに乗ったことがあるが、そのときには車内食が提供された。ブラジルではバスの乗務員が客に食事を提供することが法律で禁止されているらしく、どちらのレストランにもいろんな会社の長距離バスが何台も停まっていた。この手のレストランは、長距離バスの客が来るのを想定して営業しているようだった。

夕食をとったレストランはパラグアイ・グアラニーでも支払いが可能で、ぼくはシュラスコを食べた。味はまあまあだけど高かった。朝食のレストランは、鶏肉や牛肉、スパゲッティやハンバーガー、チキンスープや豆料理などメニューの種類が豊富だった。まだ眠いなか、チキンとチキンスープみたいなのと米と豆を食べた。おいしくなかった。値段もやはりそれなりに高い。選択肢のないバス客を相手にしているからなのだろうが、このときは、ブラジルのレストランは高いわりにおいしくない、という偏見を持ちそうになった（それはのちほど街なかのレストランですぐに払拭された）。

サンパウロ市街の北側にあるバスターミナルに到着したのは、朝の八時ごろ。サンパウロとアスンシオンでは一時間の時差があり、サンパウロが八時ということは、アスンシオンは朝七時だから、出発してから二四時間が経っていた。スケジュール通りの運行。七月のサンパウロはパラグアイと同様に寒かった。

パラグアイに予定よりもだいぶ長くいてしまったので、ブラジルには一〇日程度の滞在となる。サンパウロには演劇を通じて知り合った友人がいて、彼の家に泊めてもらうことになっていた。だがその前にサンパウロから車で一時間ほどのところにある港町サントスに二泊することにした。サントスへ行くバスに乗るには、北側バスターミナルから南側のターミナルまで地下鉄で移動する必要があった。

サンパウロの地下鉄はとてもきれいで新しく、揺れも少なかった。持っていた荷物は多かったが、スリなどの不安も感じなかった。ただ、朝八時といえばラッシュアワーの真っ只中、南米最大の都市であるサンパウロの朝の混雑はなかなかのもので、数本見送ってようやく乗ることができた。南のバスターミナルがある駅までは、一号線で三〇分程度だった。

一一時になろうとするころ、目的地のサントスに到着し、でも降りるところを間違えたので、荷物を抱えたまま海岸沿いの幹線道路を歩いた。自分にとっては初めての大西洋。視界の続く限り、海にかぶさるようにビルが並んでいて、ブラジルという国の大きさを見た気がした。予約したホテル近くのビーチにはいくつか露店が出ていて、ホテルのチェックインまでまだ時間があったので、ここで海を見ながら昼食をとることにした。なんだかわからないメニューもいろいろあったが、案外ポルトガル語は読めた。よく言われることだが、スペイン語とポルトガル語はとても似ている。

店のおばちゃんはフレンドリーにぼくに話しかけてきて、なんの会話をしたかまるで覚えていないけれど、ぼくはハンバーガーを注文した。バンズにビーフやレタス、トマトが挟まれているのは当然だが、細かくしてカリカリに揚げたフライドポテトも入っていて、食感にアクセントをつけていた。かなりうまかったのを覚えている。やっぱり朝のレストランがまずかったのだということがわかった。

付近には犬の散歩をする人、ランニングをする人、家族で食事をする人、若者など。彼らを見ていると、ビーチにビルが並ぶ街にあって、それでも人々はのんびり過ごしているんだなと思った。

食後、まだチェックインまで時間があるので、ビーチを歩いて、一箇所だけ、埠頭のように小さく海にせり出している場所へ行った。そこには大きな赤いオブジェがあった。これは、日本からのブラジル移民一〇〇周年を記念した記念碑で、ブラジル現代美術の巨匠として知られるトミエ・オオタケ氏が製作したものだった。トミエ・オオタケ氏は一九一三年に京都で生まれ、二三歳のときにブラジルに移住した日系一世である。

オブジェの近くには、「日本移民ブラジル上陸記念碑」と記された、当時の移民者の夫婦とその子どものブロンズ像が立てられていた。移民九〇年を記念したものらしい。

サントス港に、第一次ブラジル移民七八一名を乗せた笠戸丸が到着したのは、ペルーへの集団移民が始まった一八九九年から九年後の、一九〇八年六月一八日のことである。世界最大の日系社会を持つブラジルの日本移民はこの地から始まった。

サントスでの二日間はなんにも予定がなかった。いつもビーチに行き、海やそこにいる人たちを眺め、散歩し、適当なところで食事をした。神戸港を出港して一ヶ月半、一一〇年前にここにたどり着いた人たちのことをずっと想像していた。わずかな荷物とともにやってきた彼らは、ポルトガル語を耳にして、数年間をここで暮らし働くということをポジティブに感じただろうか。のこのこやってきてしまったと思っただろうか。それとも長旅にうんざりして早く土の上で働きたいと思ったか。船に同乗していた人たちとなにを話したのだろうか。自分がその、七八一名のひとりになったつもりで、曇り空の下、彼らも見ただろう無人の離れ小島や、その向こうにずっと続く海と波と空を眺めていた。

冷たい雨が降ってきて、彼らが到着した六月も今日みたいに寒かったのかもしれない、とかなんとか感傷的な気分に浸った。その日の夜に、ホテルの近くにあった大衆食堂で食べた魚フライと豆の定食はかなりうまかった。遠くまでやってきたけど、飯がうまければなんとかなるものだ。魚が食べられるんだからもうけものだ。でもたまには納豆を食べたいなとか、お茶飲みたいなとか、なるだろう。故郷の味を思い出して、現地の食材でどうにかそれを再現できないかやってみようか。たしかこんな味だったと思うけど、なんか違う気もするけど、たぶんこんな感じで合ってると思うし、ここでこれだけの味が出せれば十分だ。あれ、でもこれってブラジルの味に引っ張られているかもしれない。いつのまにか知らないけど自分はこの味付けがとても好きになってる、だからまあこれでいいや。

サンパウロとサッポロ

サントスでブラジル第一次移民の人たちとの（想像上の）出会いをゆったりと果たし、サンパウロへ戻った。南側バスターミナルのある一号線の駅から、二号線の終点駅まで向かう。サンパウロの地下鉄は都市規模のわりに路線は少ないので、乗り換えにも迷うことはなかった。数年前にヨーロッパの演劇祭で知り合ったダンサーで振付家の、エドゥアルド・フクシマの家に泊めてもらうことになっていた。

ところで「サンパウロ」をポルトガル語で発音するとき、「サンパウロ」よりも日本語で「札幌」と言うほうが音としては近い。と思ってインターネットで「サンパウロ 札幌」と検索してみたら、サンパウロと札幌はその発音も似ているけれど、どちらの市外局番も「011」だという情報を見つけた。だからなのかは知らないが、ふたつの大都市は姉妹都市だった。ほかにサンパウロの姉妹都市は日本では大阪市、アジアではソウル、北京、上海、マカオだそうだ。

初めてサンパウロに来たのは、小学校五年生のとき、住んでいたアスンシオンから日本に一時帰国をする際に、家族旅行でだったのではなかったかと思う。世界最大規模と言われる日本人街リベルダージのレコード屋で、ZARDのCDを買った。生まれて初めて買ったアルバムだった。いまもたまに聞いている。どこに行ったのか、どんなホテルに泊まったのか、誰かと会ったのか、ほかのことはぜんぜん覚えていない。そういうわけで、サンパウロは今回が初めてと言ってもいい。

エドゥアルドと合流したのは、午後二時くらい。駅まで迎えに来てくれた。彼とは前年の二〇一六年に、彼がブエノスアイレスにソロダンスの公演に来たのを見に行ったとき以来だった。そのときは終演後に遅くまで飲んだ。会うのはこれでまだ三回目のことだったが、最初に会ったときから意気投合していつまでも話が尽きないという感じで、今回もサンパウロ訪問のことを伝えると、家に泊まっていいと言ってくれた。「いつでも歓迎するよ」。

エドゥアルドは父親のほうの祖母が福島県出身の日系人で、母方はイタリア系という、ぼくよりふたつほど若いブラジル人である。彫りの深い顔立ちに天然パーマの髪の毛、上背はないがそれゆえに足腰がしっかりしていて、足の裏を全部、地面につけるような歩き方をする。と思ったら急にひょこひょこと爪先立ちで歩いたり、上半身を上下に振って話すリズムを作ったりと、彼独特の動き方で、口を大きく開けて笑う陽気な人だ。ブエノスアイレスで見た彼のダンスは、そういう彼の身体のリズムをうまく利用しつつ、どこか抜けている印象を受けるが、厳しい制御も利いているという感じで、とても魅力的だった。

そんなエドゥアルドとの再会を喜び、抱き合い、さっそく彼の家に向かう、……その前に駅近くの食堂で昼食をとった。フェジョアーダ。ブラジル料理といえばこれ、という豆と豚肉を煮込んだやつだ。ビールを飲んで料理を待ちながら、エドゥアルドと近況を報告し合った。彼はスペイン語も理解するが、英語のほうがおたがいコミュニケーションが取りやすい。南米では演出家や振付家といった「アーティスト」と呼ばれる人たちは、ほぼみんな英語を流暢に話すので、コミュニケーションに困ることはなかった。

ぼくはこの年の秋、アルゼンチンでの滞在経験から戯曲を執筆し、アルゼンチンの俳優たちと、京都国際舞台芸術祭《KYOTO EXPERIMENT》で新作を発表することになっていた。しかしパラグアイ滞在中の六月に、出演交渉中だった俳優のひとりから辞退の連絡を受けてしまい、ほかの出演者を探さなければならなかった。その役にはセリフがほとんどないかわりに、身体にキレがあり強い存在感の人物が求められていて、エドゥアルドのことはその候補としてすぐに頭に浮かんでいた。けれど彼は国内外のフェスティバルに引っ張りだこの印象で、きっと忙しいだろうなと思っていた。豆を食べながら、ダメもとでこの京都上演の話をし、彼のスケジュールを聞いた。

「……というわけなんだけど、興味ある？」

「ある。すごいある。出る。スケジュールはなんとかする。正式にオファーしてくれたら、今日にでもスケジュールを空ける」

彼は踊り出さんばかりの動きで、前のめりになって即答したので、ぼくは喜ぶとともに、びっくりした。数年前彼は、企業がスポンサーにつくアーティスト・イン・レジデンス[註2]で、台湾の台北に一年間住んでいたことがあって、そのときに数日間だけ大阪・京都を訪れたことがあるらしい。日本食、とくにお好み焼きは彼の好物で（リベルダージにはお好み焼き屋もある）、祖母の母国である日本にはいつか仕事で行ってみたいと常々思っていたそうだ。自分の作品で行くと思っていたけど、まさかYudaiのプロジェクトで行けるなんて、運命は数奇だ、とかなんとか言っていた。

そうなったら話は早い。さっそくレストランのWi-fi経由で京都のプロデューサーに、エドゥアルドが出演する気満々であるから正式なオファーの話をしてほしい旨のメッ

2　その土地に滞在しながら作品制作をしたり、ワークショップをやったり創作のアイデアを得るための時間を過ごしたりするプログラムのこと。

セージを送った。けっきょく数日後に彼の出演はあっさり正式決定した。エドゥアルドはチリのサンティアゴだかブラジルのどこかの都市だかでワークショップをやる予定があったらしいが、それは来年に回すことにしたと言っていた。

駅からエドゥアルドの家への道のりは坂が多く、いったん登っては下りまた登ると、起伏にとんでいて、緑も多く、小ぎれいな建物が所狭しと並び、そのひとつが彼の家だった。駅から一〇分くらい。近くにはヤマウチというチェーンの日系スーパーがあった。サンパウロは治安が悪いというイメージがあったが、このエリアはそうでもないらしい。三階建てで、部屋が六つくらいあり、どの部屋にもシャワーがついている、日本で言えば豪邸だった。もともとは叔父の家で、家賃の支払いもする必要がないんだという。彼は知り合いのアーティストに無償で部屋を貸していて、ふたりのダンサー、料理人、ミュージシャンという四人のブラジル人が住んでいた。みんな、エドゥアルドと同じかそれより若いアーティストたちだった。ぼくが泊まったのはビアトリス・サノという日系のダンサーの部屋。彼女は公演でしばらく部屋をあけているので、好きに使っていいということだった。

一階はガレージで、そこは知り合いのファッションデザイナーにアトリエとして貸しているらしい。エドゥアルドやビアトリスの部屋、キッチンなどがあるのは二階。三階に上がると、広々としたオープンスペースの洗濯場にソファが置いてあり、そこは住人のひとりであるミュージシャンのアトリエとしても使われているそうだ。そのすぐ隣には、二〇畳くらいはある部屋があって、木のフロアにリノリウムのシートが敷かれていた。エドゥアルドやビアトリスは、ここでダンスの創作やリハーサルをしているという。なんともうらやましい環境だ。

夕方になったら外に遊びに行こうとなって、まだすこし時間があったので、エドゥアルドのリハーサルの様子をすこし見せてもらい、溜まっていた衣類を洗濯した。

日も暮れたころ、エドゥアルドといっしょに地下鉄に乗ってリベルダージに出かけた。日系人コミュニティが点在する南米のなかでも、サンパウロは別格だ。ブラジルには一五〇万とも三〇〇万とも言われる日系人がいるとされるが、そのうちの過半数がサンパウロに住んでいる。その象徴的な場所として、いまなお日本人街の性格を残すのがリベルダージだ。

リベルダージ駅[註3]を出るとたくさんの露店が出ていて、きなこ餅が売られていた。その先には日本のお城を模したような建物の銀行があったり、その隣は日本の書籍を扱う本屋

3　二〇一八年八月に名称が「日本―リベルダージ駅」に変更された。一部では反対運動も起きているらしい。

だったり、あたりの街灯はすべて提灯の形をしていたりした。歩行者信号のシグナル部分には鳥居が描かれていた。道の両側には日本食レストランやアジア系雑貨屋などがひしめき、しばらく歩くと大阪橋という橋があって、その先には赤い鳥居が見えた。パラグアイの移住地にもこういった鳥居があり、それ自体は珍しいことではないけれど、それがサンパウロという南米一の大都市の、ほとんど中心部に位置するところにあるのが驚きだった。東京で言えば新大久保みたいな感じだろうか。リベルダージは日本人街として発展したため、街は日本っぽさを残しているものの、近年は中韓系の移民も増え、いまや東洋人街と認識されているという。新大久保もそうだが、そういう「文化が混ざる」ところは人で混む。リベルダージはたくさんの人で活気づいていた。駅近くの白い壁に瓦葺きの建物にはマクドナルドが入り、その隣にはすき家が店舗を構えていた。街全体が、アルファベット、ひらがな、カタカナ、漢字、ハングルで構成されていた。

エドゥアルドのお気に入りだという、リベルダージの入口にある「弁当屋」という名の簡易レストランに入り、ぼくたちはそこで夕食をとった。白米や味噌汁に、いろいろな惣菜を選んで自分好みの定食にすることができて、近所にあると重宝する店だった。

ほかにもこの界隈にはいくつか居酒屋があって、後日そのうちのひとつにエドゥアルドと公演ツアーから帰ってきたビアトリスといっしょに行った。店内はカウンター席のみ、目の前のガラスケースに入った惣菜を頼みながら日本酒を飲む、というまさに日本らしい飲み屋で、もうここが地球の反対側だということを忘れてしまいそうだった（ガラスケースの形状からして、もともとは寿司屋だったのかもしれない）。

違うのは日本よりもずっと多くの人種が交わり、多くの言語が飛び交うところ。ブラジルについて、あるいはブラジルの日系移民とその文化についてぼくがイメージしていたのはまさにそういうところで、いつかの日本文化がそのまま保存されているだけではなく、当地でべつの考え方と混ざり、人々が行き交うことで、独自に発展した日本文化があるということ。たとえばそこで提供されている日本食は、現在の日本の日本食を正義だと考える人にとっては別物の味付けや風味であるかもしれない。けれど数々の文化的、環境的な影響のもとで、試行錯誤をくり返した結果に生まれた新たな日本食だと考えたら、こんなにわくわくすることはないと思う。

夜も更けてきて、このあとどうしようかとなっていたら、ばったりエドゥアルドの友人のフランス人たちと出くわしたので、そのままみんなで近所のカラオケ屋に行った。ここはカラオケボックスではなくて、カラオケスナックというかカラオケができる飲み屋という感じ。客は三、四〇人くらい、いやもっといたかも。それぞれのグループがファミレスのようなテーブルにぎゅうぎゅうに詰めて座り、一番奥にあるステージに出ていって歌う。

ステージ脇にカラオケ機材があって、担当のおじちゃんがリモコンを握って待機し、酔っ払いのみんなはそのおじちゃんに大声で曲をリクエストする。歌本は日本のそれと同じようなものだった。とにかくカオスティックに混んでいてうるさく、隣の人の声もよく聞こえない。流行りの曲が流れればマイクなどなくてもみんな立ち上がり、大勢で歌った。焼酎を飲みたかったがなかったので、ビールをしこたま飲んだ（もしくは焼酎は高くて手が出なかっただけかもしれない）。

ヨシオさん

パラグアイ、ラパス移住地の秦泉寺明さんの紹介で、ヨシザネ・ヨシオさんに会うことになった。ふたりは日本に研修で来ていたときに知り合ったという。ヨシオさんはこのとき二六歳、父方の祖父母が、太平洋戦争前に岡山と山形からブラジルに渡ったという日系三世だ。

お母さんはブラジル人だというが、ブラジルというのは（南米のほかの国もそうだが）移民国家なので、日系人とブラジル人といった分け方が正しいのかわからない。ここでは今後、日本からの移住者をルーツに持つ人、という意味で「日系」という言葉を使いたいと思う。彼は日系ブラジル人だ。

日系の人たちのなかには、自分たちのことを日本人だと考えている人たちも多い。本人がそう考えているのだから、それでなんの問題もない。同時に、住み育って来た場所の人間だとも考えている。それは矛盾しない。

ヨシオさんと会った時期には、彼／彼女が自分をナニジンと考えているかということについてはどちらでもいいのではないかとぼくは考えるようになっていた。だからそういう質問もしなくなった。

日本人たちが自分たちを日本人と言い、相手を○○人と呼ぶとき、それは血のことを意味している。だが、南北アメリカ大陸にある諸国のような、移民がその国の根本である土地では、時が経てば経つほどにどんどんそういう話ははっきりしなくなってくるし、意味も薄れていく気がする。べつの言いかたをすれば、その人が持つ文化的な背景でブラジル人かどうかを語ろうとしても、それは個々によって異なるので、これもナンセンスなんじゃないか。日系の家庭でも、いわゆる日本食を食べ日本文化を継承していることもあれば、もっとほかの、さまざまな文化がミックスされて形成されたブラジルの食／文化を大事にしている場合もある。

エドゥアルドもそうだが、ヨシオさんの容姿は「日本人」たちからすれば、日本人とは見えづらいかもしれない。けれど彼らのルーツに日本という国があることはたしかだし、つながりを持っている。日本人かブラジル人か、という問いは、それを問う人間がどこに重きを置くかによって意味が変わる。血統のことか国籍のことか、あるいはもっとべつの思想などのことか。

ヨシオさんと会うにあたってメッセージのやりとりをしたが、それはすべて日本語で行なわれた。彼は非常に丁寧な日本語を使い、ぼくに気を使っているのかアルファベットではなく、漢字を多用していた。

「どこか見たいところはありますか?」と聞かれたので、ぼくが二〇年前にZARDのアルバムを買ったリベルダージのレコード屋がまだあったらそこに行きたいと伝えた。彼は親切にも探してくれたのだが、けっきょく該当するレコード屋はもうなくなっていたのだった。残念。

彼とは、パウリスタ通りというサンパウロでも有数の大通りにある駅で落ち合い、食事をすることになった。なにが食べたいか聞かれたので、ラーメン屋に行きたいと告げた。駅からしばらく歩いて薄暗い下り坂の路地を行ったところに、最近人気だというラーメン屋があった。店の前は行列というか、列はできていないが、順番待ちをしている人たちで溢れていた。入口に用意された順番待ちリストの紙に名前を書くスタイル。待っているのは、アジア系の顔立ちをした人から、白人系、ミックス、日本からのビジネスマンなど。路地裏の、ほかにはなにもないようなところに行列のできるラーメン屋があるというのは、日本ぽいなと思った。

けっきょく一時間くらいは待つのではないだろうかという人混みを前にして、会って早々のぼくたちは会話が持つはずもないので、大通り沿いにある、まだできたばかりらしいべつのラーメン屋に行った。一度ラーメンの気分になってしまったら、豆料理を食べようという気分にはなかなかなれない。

暖色系の照明が明るく、テーブルが整然と並べられた店内には待たずに入ることができたが、ほどなくして満席になった。醤油、味噌、塩味があり、サイドメニューには餃子やチャーハンもあった。ぼくは味噌を頼み、ヨシオさんがなにを頼んだかは、お腹が空きすぎていて覚えていない。餃子を一皿頼んでシェアした気がするし、アサヒの瓶ビールを飲んだような気もする。味は良くも悪くもなく、ふつう。でも、サンパウロに住んでいたらちょこちょこ来るだろうなと思った。

勢いよく食べ終わり、満腹感にぼーっとしていると、店の入口に待っている人たちが増えて来たのでさっさと出ることにした。ラーメンを食べて世間話をして、それで終わりになるわけもないので、どこかで飲みましょうとなって、でもバーはどこも爆音で音楽を流していて話が聞けないので、しばらく歩き回り、比較的うるさくなさそうなピザ屋に入ることになった。ビールかワインという酒の選択肢の少なさは残念だった。

ヨシオさんの出身はベロオリゾンテという、サンパウロから見ると北東に五八〇キロほど行ったところだった。情報セキュリティの勉強をしに大学院に通うため、サンパウロに引っ越して来た。

日本には親の仕事の関係で、二度住んだ。ほとんど覚えていないが、二歳から四歳まで富山に住み、小学校二年生から六年生までを静岡で過ごした。静岡にはブラジル人の労働者が多く住む関係でブラジル学校があり、五、六年生のときはそっちでポルトガル語の勉強をしたという。ひとりっ子。なお、ブラジル学校はブラジル人の多い愛知や岐阜、静岡の中部地方、近畿の三重や滋賀、関東では群馬や茨城など、全国に数十校あるらしい。半分以上の学校はブラジル政府からの認可を受けているそうだ。[註4]

彼は幼いときから、自分の生まれた場所ではないところに何度も住んだ経験を持っている。いま都会の大学に通っているが、将来的にはどうするのだろうか。

「来年には卒業ということですが、そのあとは地元に戻るんですか?」とぼくは聞いた。

ヨシオさんは、落ち着いた口調で答えてくれた。見た目も態度も穏やかで、友達が集

4　日本には、二〇〇八年のピーク時には一〇〇校超のブラジル人学校があったとされる。帰国を前提とし、母語による、ブラジルのカリキュラムに従い教育を目的としている。ブラジル人学校を会員とする在日ブラジル学校協議会（AEBJ／Associacao das Escolas Brasileiras do Japao）のウェブサイトには二五校が掲載されている。　http://www.aebj.jp/portal/index.php/ja/

まって来るような人柄だな、とぼくは思った。

「わからないですね。仕事次第。でも夢は、世界一周みたいな感じで、たとえばアメリカで三ヶ月働いて、その後カナダでまた三ヶ月働いて、いろんな国でちょっとずつ働きながら旅行してみたいですね。大学院終わったら、そういうことするつもりです」

それはぼくもぜひしてみたい。日本やタイでも仕事してみたいということだった。「なぜタイなんですか？」とぼくは聞いた。

「そうですね、文化がおもしろいというか、変わってるというか。タイはすごく独特に感じるので、仕事ができるかはまだわからないけど、行ってみたいですね」

もちろん旅で訪れることと住むことはべつのことだ。けれど、旅行することと働くことが同時に成立するのであれば、それは理想的なことなのではないか。

旅行が趣味なんですかと聞くと、旅行は好きと言って、続けてこんなことを話してくれた。

「趣味は、変わったものを見るのが好きですね。たとえば変わった食べものを食べるのが好きだし、変わったところに行きたいし、いつも新たな体験をしたい。エキサイティングなことが好きなんです。アドベンチャー。自分のいつもしていることが毎日続くのだとすると落ち着かないんです」

自分のいるところが一番いいからほかのところ行きたくない、という人も多いような気がする昨今、ぼくはこういう話を聞くだけでうれしくなるのだった。「そういう新しい体験をすることで成長して、自分が変わっていきたいっていうのがあるんですね」。

「そうですね、はい」と言って、ヨシオさんは続けた。

「サンパウロに引っ越したのもそういう思いのひとつからです。ベロオリゾンテでもいまやってる勉強はできたんです。でも、いままで両親と住んでたんですけど、ひとり暮らしを体験しながら学校に通うのもいいかなと思って。実際、自分で料理もし始めたし、洗濯とか部屋の掃除とか、『母ちゃん大変だったんだな』っていう感じもわかってきました。それから、最近はボランティア活動をしていて楽しんでます。でも、ただのボランティアじゃなくて、実際に好きなのは、人を変えること。たとえばですが、この二ヶ月間、貧しいエリアにある学校で、毎週末子どもたちと集まって勉強するんです。小学生の子たちに、視覚障害のある人たちにどうやって接すればいいかを考えてもらったり、もしくはもうすこし上の年の子どもたちに、彼らがしてみたいと思ったことを率直に経験としてやってもらう。たとえば『料理してみたい』と言うなら、その子のために料理の授業したりとか。ボランティアの組織を通じて、彼らが体験する機会を作ってあげるようにしています。すごく楽しんでやってます」

旅行が好きというのはつまり、新しい体験をすることで自分が変わっていくという感覚を楽しむことなんじゃないかとぼくは考えている。だからヨシオさんが子どもたちにも新しい体験をしてもらおうとボランティアをするのは、旅行が好きということとつながっているんだろうなと思った。

ほかの客がまばらなピザ屋で、夜は徐々に更けていった。でもラーメンでお腹いっぱいになったぼくたちのテーブルには、ピザも、ほかに食べるものもなかった。青く薄暗い店内では、サルサかなにかノリのよい音楽が流れていた。ボランティアをしている話はヨシオさんの人生観が透けてみえるような感じがしておもしろく、ついでにアルコールの力で初対面の緊張も薄れてきたので、この勢いでもっといろいろ話してもらおう。このインタビューも彼とぼくの新しい体験になると信じて。

「最近はサンパウロに来てから、いろんな人と知り合って、そういう人たちといっしょに変わったことをするのが好き。たとえばこの前は、ちょっと変わった宗教の女の子と知り合って、彼女が『わたしはこういうところに通ってます。もし良かったら来てみてください』って言うから、話を聞きに実際そこに行ってみたんですよ。それで『ああ、こういうのもあるんだなぁ』って世界を知る。いろんな、自分も知らないブラジルのことを知るのが好きです」

変わった宗教と聞くと敬遠してしまいそうなものだが、ヨシオさんにとっては自分の住んでいる世界を知るための「リサーチ」対象のようだ。ぼくは彼がどこまでも客観的でいることに驚いたし、自分もそういう姿勢でいたいと思った。ぼくはわりと宗教のことに関しては保守的というか、いわゆるマイナーな宗教や新興宗教といったものに対して脊髄反射的に偏見やその存在への疑問を持ってしまう。だが、そのマイナーな宗教の良し悪しはともかくとして、存在そのものを否定することはできないし、それが存在することは社会のひとつの側面であるということもできるかもしれない。

ヨシオさんがどうやってこういう客観性を持てるようになったのかはぼくにはわからないが、それは決して、自分のルーツに少なくともふたつの文化――ブラジルと日本の文化を持っていることが理由ではないんじゃないかと思う。育った環境に加え、誰かとの出会い、教育や自身の勉強などを通じて彼自身が獲得してきたものだ。

「最近、手相を見る女性に会って、実際に見てもらって」

彼はそんなぼくの反芻などたいした問題でないかのように、続けて手相の話に向かった。正直に言って、手相にもぼくは少々偏見がある。

「それで、見てもらうだけじゃなくて、どうやって手相を見るのかも教えてもらった」

というわけで、ぼくの手相も見てもらうことにした。ヨシオさんによるとぼくはお金に困らないらしい。

「え、ほんとですか。困ってばかりいますよ！」

「いや、最初は困ってるんです。でも、いずれは困らなくなる。それがいつかはわからないんだけど」

それはぜひ実現してほしい。ほかにもいろいろ読めると言うので、ちょっと教えてもらいましたっていうレベルではないのがわかった。彼にとって新しいことを知るのは、深いところまで興味を持つということなのだろうか。彼の手相占いでは、同性愛者についてどう考えているのかもわかるそうで、びっくりした。

「ここの線が分かれているかどうかで、同性愛者を差別するかどうかがわかります。ぼくの場合はそういう人が隣にいても気にしない。それで、あなたもちょっとは気にしない。でもなにかは気にします」

手のひらをなぞられて自分のことを語られると、なるほどたしかに自分はそうなんじゃないかと思いそうになるが、あくまで半信半疑にぼくは聞いていた。

「ここの線に違う線が重なっていくと、たとえばよく落ち込んだり、よくかなしんだりします。逆に重ならなければあなたの人生はOK。人生っていうかあなたのメンタルは迷いがないっていう意味ですね。あなたの場合、いまはまあ、OKはOKなんだけど、まだなにかに迷ってる」

でも、迷いはひとつだけらしい。人によっては迷いまくっている手相もあると言って、ヨシオさんは楽しそうに話していた(当たっていたかどうかは内緒)。このところ友人たちの手相を見ることも多いと言う。ブラジルの社会で手相占いというのはそこまで浸透していないと思うが、みんなの反応はどうなのだろうか。

「だいたいふたつのタイプに分かれますね。驚いて信じないタイプと、興味を持ってもっといろいろ見てほしいっていうタイプ。それで『あ、ホントだ、当たってる』ってなる。とくによく当たるのがけっこう歳上の人で、『子どもがふたりいますね』って言ったら、当たってってビックリしていて、そして信じる」

それこそ変わった宗教でもやってるんじゃないかと勘繰られないのだろうか。

「なんか、魔法使いのなにかに入ってるんじゃないか？ っていうことを言う人はたまにいるんだけど、急に知らない人に手相見せてくれ、みたいなことはやらないから。その話題を話して、興味を持った人だけにやってます」

そういえば、ぼくもブエノスアイレスで友だちに足裏マッサージの話をしたら、ぼくが指圧をしてあげることになって、ここが痛いってことは胃腸が疲れているね、とか、ここは目だよ、みたいにやったら同じような反応をもらった（どうでもいい情報だが、ぼくは足裏マッサージされるのが好きなので、自然と足裏のツボの位置を覚えた）。

宗教の話が何度か出てきたので、ヨシオさんの信仰について聞いてみた。ブラジルではカトリック教徒が多く、ヨシオさんの家庭もカトリックだそうだ。だが、彼は敬虔な信者というわけではなかった。

ヨシオさんがおもしろいのは、彼は人々が信じている神（々）は存在するかもしれないと考えているものの、自分は神に祈ったりなにかを願ったりはしないところだった。父方の祖父母は日本出身者らしく仏教（と神道）で、家にも仏壇があったが、その子どもたち（つまりヨシオさんの父親や叔父）はカトリック。「おばあちゃんは六、七〇代までは仏壇に毎日ご飯を置いてたけど、いまはもうそういうのぜんぜんやってない」。

ペルーの祖母のことを思い出した。うちは、祖父や叔父はカトリックだったが、祖母は仏壇に線香をあげていた。祖母の家には平日にお手伝いさんが来ていて、年をとってからはそのペルー人のお手伝いさんが、掃除をしたり水を換えたりといった、基本的な仏壇の世話をしていた。ちなみにその彼女は敬虔なカトリック信者である。いっぽうで、ぼくの父親は無宗教者だったし、叔父も仏壇に興味はない。ぼくはというと、父親の影響もあってやや無宗教的な考えを持っているが、たまに神頼みはする。日系人が日本語をあまり話さなくなったペルーやブラジルだけでなく、パラグアイの移住地のような歴史が比較的浅く、日本語で生活ができるところであってもカトリック信者が増えているという。

だが、移住地やサンパウロのリベルダージには鳥居があったり、お坊さんがいたりする。違う教えや価値観を持つふたつの宗教が、ひとりの人、家族、もしくはコミュニティのなかに共存し、そしてそれぞれの教えが他方を否定するものではないということなんだと思う。

ヨシオさんは、これは本人が言っていたことだが、日本人であるという意識はまったくないそうだ。それは宗教と同じようにブラジルの日系社会の歴史の長さや現地社会との融合によって、日系の人たちのなかで徐々に変化していったものなのかもしれない。

そんなヨシオさんに日本という場所や日本に住む日本人について、どう思うか聞いてみた。もちろんこういう質問自体がナンセンスであるし、「日本」や「日本人」と一括りにすること自体が極端だから、どうしてもその回答も極端になってしまう。こんな質問しかできなかったのがいまになって恥ずかしい。だが、ヨシオさんの回答はおもしろいと思ったので、あくまで「印象」という前提を強調しつつ、紹介することにする。

「お金には困らないし、欲しいものは買えるという意味で暮らしやすいという印象。でも、全員じゃないんですけど、日本人は冷たいと思う。とくに日本にずっと留まっている人たちはそんな感じがしてしまう。けっこうシャイというか。冷たいというか恥ずかしがり屋かな。あまり自分を出さないという感じ。思っていることを言わないというのもあるけど、困ってても助けは求めない。おもてなしがいいって言われると思うんですけど、フレンドリーではないというか。すごくもてなしはいいんだけど、それをもうほんと仕事としてやってる。それは、他人に迷惑かけたくないからそうしてるっていう印象がありますね。自分の本心でほかの人と接触するのがあまりないかな。それから『友だち』っていう言葉も、ブラジルと日本での意味がちょっと違うと思う。ブラジルでは、『友だち』っていったらなんでも言えるし、いつでも頼れるっていうことなんです。たとえば、わざわざ電話して、『今日あなたの家に泊まってもいいですか?』『あ、いいよ』ってわけじゃなく、連絡なしに直接家に行って『来たぞー』って感じ。ほんとは今日はあなたと会うつもりはなかったんだけど、でもあなたが来たから、もうなにかやってたことは忘れて遊ぼうっていう関係があって。日本だとそういうのはあんまりないんじゃないかな。もしそんなことしたら、たぶん相手が帰ったときに『あの人が来てから予定がぐちゃぐちゃになった』とか、なんか『仕事やれなくて明日上司に怒られる』とか、そういう心配があるじゃないですか。ブラジルはもう友だちと飲んで『明日はもうどうでもいいや』って感じだと思う」

もちろん個人差はあるだろうし、日本人だってそういう人もいると思うが、ヨシオさんの言っていることは、ブラジルと日本では社会における人と人との距離感の違いがあるということかなと思った。どちらがいいとか悪いとかいう結論に集約させるのはもったいなくて、でも、ヨシオさんにはブラジル社会の距離感のほうが合っているわけで、そのことが、彼が自分を「日本人ではない」と言わせるひとつの理由でもあるんじゃないかなと思った。

ヨシオさんと話していると、サンパウロという大都会の、そしてブラジルという多民族の国で生きてきて培われたと思われる、考えの柔軟さや視野の広さを感じた。ぼくがいつのまにかこだわっていた、自分はナニジンなのかという問いや先入観を軽々と越えて行く――いや、そもそもそんなものは越えるまでもなく最初から気にしていないというような姿勢を、ヨシオさんは見せてくれたように思う。

そのいっぽうで、日本からやってきた移民者たちは、自分たちの文化や伝統を受け継ぐ意志とともに、保守的な考え方を持ちこんでしまうこともある、と言える。三世であるヨシオさんに比べると、日本とのつながりが深い（あるいは心理的距離が近い）父親やその祖父母のことは、彼はどう見ているのだろうか。

「そうですね、たとえば、誰かと同棲するんだったら、まず結婚しないといけないというような、古い考えがありますね。わたしには同い歳のいとこがいるんですが、二年前に結婚したんですよ。住む家はおばあちゃんが住んでいた家。でも、いとこが自分の夫をおばあちゃん家に受け入れてもらうには、まず結婚をしなくちゃいけなかった」

これはぼくにとっては、というか日本では、そういう二世帯住居のような家に住むのであれば当然なことだと思ったのだが、南米ではわりと、事実婚の状態でどちらかの親と同居するというケースも多いらしい(ブエノスアイレスのファンとエミも事実婚だった)。日本では事実婚がまだまだ一般的ではないし、この例ではヨシオさんのおばあちゃんだけが古い考え方を持っているということにはならないな、と思いながら聞いた。だが、ブラジルではもうそれは古いのだ。

ぼくは先述の通り、パラグアイを何度か訪れ、日系の人の家にお邪魔することもあった。たとえばそういうとき、ぼくが家の「主人」である男性と話していると、その妻だったり娘だったり、つまり女性たちが酒や食事を運んできてくれて、ぼくたちの会話にはだいぶ遅れて参加するということがよくあった。これはかなり居心地が悪いもので、でも、せっかくのおもてなしにその指摘をして、わざわざ水を差すのも悪いなと、なにも言えなかった(よくよく考えてみると、これはべつに日系社会に限ったことでなく、いまだ日本に残る風習のようなものだとも言えるかもしれない)。

もちろん、パラグアイの移民史とブラジルのその歴史も、そして二国間の社会も違うわけであるから単純な比較はできないのだが、そのことについてもヨシオさんに聞いてみた。
「パラグアイではよく見ましたね。そういうのは昔の文化だったので、それを守る人たちはそれでいいと思う。けれどわたしの家族は、それはしなくていいと思っています。女性がご飯を作るのがあたりまえでなくていい。もしも両方が働きに出ているなら、女性のほうだけが家事をするというのも、わたしはそれが許せないのではなくて、彼女が引き受けている苦労をわたしももらって楽にしたい。両方が幸せになるために。ちゃんと分けたほうが両方うれしいでしょ？　自分もできるし、できなくても覚えることができる。できないから彼女がやるというのもひとつの選択肢だけど、自分で覚えてやるのも新たな選択肢だと思います」

至極まっとうな考え方だと思うが、それは彼がサンパウロでひとり暮らしを始めた結果、そう考えるようになったのか。ぼくの質問に彼は、それより以前からの考えだったと答えた。

「わたしの母ちゃんは、わたしが生まれてからは仕事をやめて主婦になりました。わたしは母ちゃんの料理の手伝いをしていたんですけど、油関係はさわらせてくれなかったり、包丁も握らせてもらえなかった。いつもやるのは野菜を洗うというような簡単な仕事だけ。本当は全部やりたかったんですけど、母ちゃんは子どもに危ないことをさせたくなかったみたいで、体験できなかった。だから、いまになって全部自分でやらないといけないから、たまに油が腕に飛び散って痛い、みたいなのあるし、もちろん『母ちゃんありがとう!』って気持ちもあるんだけど、こういうことをやっておきたいっていうふうに思っている」

ぼくが男女の社会的性差について、「こうやって改善しなければ」と考えてしまいがちなところを、ヨシオさんは「これもやってみたい、あれもしたい」という好奇心で捉えているところが新鮮だった。これはぼくの想像にすぎないが、ヨシオさんの母はおそらく家事は母親がするものと考えていて、ヨシオさんはそんな母の元で育ったのだから、家事は女のすることと信じてしまっていてもおかしくなかったんじゃないかと思う。あるいは、どこかの時点まではそうだったのかもしれない。でも、外の環境や、そこで出会う人たちによって、その価値観は変えられてきたんじゃないか。

ヨシオさんにしてもエドゥアルドにしても、ぼくが出会ったブラジル人たちは、非常に先進的というか、みんな素直に新しい価値観を享受しているように感じた。でもそれを国民性という言葉で片付けるのは乱暴だ。移住地という日本語でも生活が成り立つ環境での話と、さまざまな人種が住む都会でのインタビューを比べることは、国民性云々とはまたべつの話だからだ。でも、日本に住む自分はそういうふうに価値観を更新していけているのか、そういう環境を自ら作り、共有できているのか、立ち止まって考えてみようと思った。

そろそろ帰る時間も近づいてきたので、話はだいぶ変わるけど、と前置きをして、ブラジル社会について考えることを聞いてみた。ぼくはサンパウロに来て、街の規模や地下鉄のきれいさ、緑の多さに感銘を受けたこと、しかし同時に貧困が社会問題になっているというアンバランスさについて、貧困層の子どものボランティアをしているヨシオさんの意見を聞いてみたかった。

「そうですね、ブラジルは隠していることが多いです。社会のよいところは、外国人が行くようなところにしか映し出さない。たとえばカーニバルとか、サッカーとか、わたしたちが見せているものはよいところだけ。悪いところはブラジル人でないと見ることができない、感じ取れないと思う。外国人がたとえ貧しさのことを見て、それをなんとかしたいと思ったとしても、それは一時的なこと。わたしたちはそれといっしょに生きている。ブラジルの政府は、わたしは本当に悪いと感じています。でも、わたしはそういう政治のことに詳しくなりたいと思っていない。システムは複雑で、それを変えるために労力を使うより、わたしは他人の人生を変えたいと思う。政府がわたしたちを変えるのではなくて、政府があなたにお金をあげるのではなくて、政府があなたにご飯を与え、病気をケアしてくれるのではなくて、できることはしたい。いまやっているボランティアみたいに、そういうことをして、わたしは自分の国を変えられると思っています。一気に全部じゃないけど、すこしずつ、変えられるんだったらわたしはそれだけで満足です」

ヨシオさんの言う通り、訪問するのと住むのとでは事情はぜんぜん違う。日本だって、観光客からしたら魅力だらけの国に映るかもしれない。けれど、どの社会にも問題はたくさんあって、住んでいて初めてわかることがある。訪問者が自分の印象でその社会を定義してしまうことは不可能だし、ぼくもそれはしないように気をつけているつもりだ。それでもこうやって、外部の人間として、彼のような人の話を聞けたことはよかったと思う。

訪問先の社会の本質が見えなくても、自分なりに考え、自分のできることをやろうと取り組む人がいること、よりよき社会を目指そうという人がそこにいるということ、そういうことが知れるだけで、改めて自分の住む社会のことを考えるモチベーションになるし、それが旅先で話を聞くことのひとつの醍醐味だとも思う。

サンパウロ最後の夜、お世話になったエドゥアルドやその同居人たちに梅干しパスタを振る舞った。梅干しはパラグアイのイグアス移住地で買ったものだった。梅干しとパスタの組み合わせにはみんな怪訝な顔をし警戒していたが、食べてもらったら好評だった。用意した分のパスタはすぐになくなり、追加でもうふたり分くらい茹でた。こういうのを食の越境と呼ぶのだろうか。とにかく気に入ってくれてうれしかった。梅干しは一リットルくらいの瓶に入っていたが、だいぶ少なくなったのでべつの瓶をもらい詰め替えた。すこしだけ荷物が軽くなった。

翌日は早朝の出発だったので、ぼくはいつも通り寝ないことに決めた。寝坊と遅刻の常習犯だから、移動の前はたいてい徹夜する。あとでつらくなるのは目に見えているのだけど。秋に京都でやる新作の話をしばらくしていたが、もう眠いと言ってエドゥアルドは寝床に入った。三時くらいだった。ぼくは次に行くボリビアのサンタ・クルス・デ・ラ・シエラという街のことをすこしネットで調べ、空港からホテルまでの行き方を頭に入れようとしていたらすぐに時間が来た。空港でSIMカードを買う予定だったが、すぐに使えるようにする自信がない。ネット環境がなくてもいいようにしておいた。

五時過ぎ、静かに出て行こうとすると、エドゥアルドが起きてきて、コーヒーを淹れてくれた。世間話をしているとビアトリスも起きてきて、家の前でふたりにお別れをしてUberタクシーに乗った。またいつでも来てくれとエドゥアルドは言った。出発のときはいつも切ない気持ちになるので苦手だ。言いたいことがあったはずなのに、照れ隠しのほうを優先してしまうのがぼくの悪い癖だ。空港までUberドライバーと会話をした気もするが、使い慣れないポルトガル語と眠気の関係であまり意思疎通はできなかった。

もうすこしブラジルの各都市を回ってみたかったが、予算と日程の関係でこれ以上留まることはできなかった。次にブラジルに来るのはいつになるだろうかと思っているうちに夜明けが来て、サンパウロの高速道路を走る車を日が照らし始めた。早朝なので渋滞はなく、すぐに着いたと思う。サンパウロの空港がどんな様子だったのか、どういうわけかまるで記憶がない。この旅で初めての空路での移動だったのに、飛行機が苦手なせいなのか、あるいはバス移動が染み付いてしまったせいなのか、グアルーリョス国際空港のことは記憶から完全に抜け落ちている。通常こうして書いていると断片的にでも思い出すものだが、なにも思い出せない。

5 Bolivia

ボリビア

Brasil
リベラルタ
Perú
ルレナバケ
トリニダ
ラパス
サンフアン
移住地
オキナワ移住地
サンタクルス
Bolivia
ボリビア
Paraguay
Chile
Argentina

低地ボリビア

サンタ・クルス・デ・ラ・シエラの空港には三時間で着いた。と、eチケットの記録がそう言っているのでそうなんだろう。機内ではずっと寝ていたはずで、GOL航空というブラジルのLCCがどんなものだったのか説明できない。サンタ・クルス・デ・ラ・シエラ近郊にある「ビルビル国際空港」というかわいい名前の空港に到着した。小さい空港だった。発着便の数もそれほどないようで、ぼくたちの到着に合わせて出迎えの人たちがいるくらいで、それもすぐに散り散りになった。

この空港建設には、日本政府の開発援助の資金が入っているらしい。そんな情報をインターネットで仕入れていたので、なんだか自分にはこの空港を使う正当性がある、みたいな感覚を持ってしまいそうになるから、というか実際に持ってしまうから本当に情けないと思う。日本政府とぼくとは関係はないはずなのに。

日本移民の武勇伝や苦労話に触れるたび、日本人としての誇りを感じるのは事実だ。資料もたくさんあるし、ネットでも見ることができる。だが、そこでの暮らしや現地社会での信用を作ってきたのは自分ではないし、苦労もしていない。誰かが敷いた道を歩き、日本食や安全を享受しているだけなのだということを、いつも忘れないようにしたい。憧れの気持ちはあっても、自分に引き付けてその気になることは避けたい。それを成し遂げてきた人たちに対して失礼なんじゃないかと思うから。でも、すぐにその気がやってくるので、都度いちいち打ち消している。

ボリビアは初めて来る国だった。最低限の両替をし、誰もいなくなった到着ロビーの売店でSIMカードと水を買った。さっそくスマートフォンに入れてみるが、やっぱりいまいち設定の仕方がわからない。売店の店員に質問してみると、ボリビアのスペイン語はパラグアイに比べてなんだかわかりやすい気がする。ブラジルから来たから、スペイン語が懐かしいような気すらする。でも店員はすごく愛想がなかった。SIMの設定は自分でなんとかしろと言ってまったく相手にされなかった。ここでも、日本政府がお金を援助して作ったこの空港で働くくせに、おれに愛想悪いとは何事だ、みたいななくだらない気持ちが横切るので、すぐに打ち消してしまいたい。こういう馬鹿げたことを思うのは、初めての土地に油断している証拠でもある。

日本語の通じる日系移住地を回ってきたこと、サンパウロでなにも危ない目に遭わなかったこと、ブエノスアイレスに半年以上住んできたことなどから、ぼくの見知らぬ土地に対する警戒心はほとんどなくなってしまっていた。それはおもに治安に関する警戒心だったが、この土地はこんなもんだろう、という思いが少なからずあって、その土地に対する敬意も同時に削っていってしまう。

事前に調べていた通りに出口に待機していた乗り合いバスに乗った。人数が揃うまでしばらくバスは発車しなかった。もちろん時刻表などなかった。徐々に人が集まってきて、ぎゅうぎゅう詰めになった。こういうのちょっと懐かしいなと思った。バスの定員という考えが存在しないような乗客の乗せ方。車内アナウンスもないが、運転手に行き先を告げればちゃんと教えてくれるという、コミュニケーションが重視されるバス。ペルーとかパラグアイで乗ったことがあるバスの混み方だ。大都会サンパウロのラッシュ時の地下鉄とは違う。乗ってくる人たちも、ビジネスマンや都会の若者というより、もうすこし、生活に疲れて皺の多くなったような人たち、あるいは大荷物のおばさんやポマードかなにかで髪をぴたっとさせた学生など、その身なりから嫌でもブラジルとの違いを見てしまう。いわゆる田舎感がすごくあった。

サンタ・クルス・デ・ラ・シエラ（以後はサンタクルスと略す）は日差しが強く、道は埃っぽく、車内は混み合っているせいもあってよけいに暑かった。でもようやく暑いところに来られたと喜んで、車窓から見えるほとんどなにもない草原を眺めていた。それからぼくは居眠りをしてしまった。二〇分ほど経過しただろうか、乗客の何人かが降りる音で起きると、あたりは街らしさが出てきていて、片側三車線くらいの幹線道路が渋滞していた。中心部に近づいてきたところで、事前にダウンロードしておいたオフラインマップを頼りにバスを降りた。歩道はそれなりに広く、人がたくさん歩いていた。車がアスファルトの細かい砂をまきあげて走り、歩道まで薄い埃の膜で覆われたようになっていた。

大荷物を抱えたまま一キロくらい歩いて、無事に宿にたどりつけてしまったので、「ボリビア心配ないじゃん」という思いになった。実際は紙一重なのだ。昼間で通りには人がいるとはいえ、荷物を抱えた外国人は目立つし、観光客と見られれば危険は高まる。でもぼくは自分の油断を自覚しつつも止められないという状況で、ホテルの受付としばらく適当な会話をして、治安のことも聞いてみたが話半分にしか聞けなかった。それよりも、以前よりスペイン語がうまくなった気がしたのがうれしかった。そのあとちょっと仮眠をとった。

ところで、ぼくはボリビアのことを、国全域が標高の高いところに位置[註1]し、山岳民族(だけ)が住んでいるというイメージを持って思い込んでいた。首都ラパスやウユニ塩湖などがそうだからだ。雑誌やテレビなどでボリビアが取り上げられるときも、そういう側面が強調されているのではないかと思う。

だが、このサンタクルスやほかの多くの地域の標高はさほど高くなく、高原やアマゾン川の流域地帯だった。サンタクルスはアマゾン盆地南部に位置する標高四〇〇メートル程度の高原で、この日の気温も二五度はあった。

ラパスは標高が高く、空港も標高四〇〇〇メートルを越えるところにあるために気圧が低い。飛行機の燃料を満タンにしてしまうと、充分な揚力を得られず飛ぶことができない環境だそうだ。そのため、ボリビア第二の都市であるここサンタクルスが空の玄関口になっているとのことだった。サンタクルスからは国際バスも出ていて、パラグアイのアスンシオン行きのバスもあった。前述の「ビルビル」というのは、グアラニー語で「平野」という意味らしい。ラパスやスクレ、ウユニなどの山岳地域がペルーと地理的、文化的に類似点が多いのに対して、サンタクルスはもともとグアラニー族のいた地域で、パラグアイのグアラニー文化とも共通性があるのだろう。

……みたいなことをいつ知ったのかあまり覚えていないが、いずれにしてもボリビアの国土の半分くらいは標高が低いということにぼくは驚いた。そして日系ボリビア人たちの

1 ボリビアの憲法上の首都はスクレ。ラパスは行政・立法府のある事実上の首都。

多くはそういう標高が低いところに住んでいるというのも、ボリビアに行くことになって初めて知ったのだった。

それくらいぼくはボリビアについて無知だった。その日は用事がなかったので、ホテルでSIMカードの設定を済ませ、それを使って調べた宿近くのレストラン「KEN」に行ってラーメンを食べた。またラーメンを食べているがもうしかたない。このレストランはラパスにも「けんちゃん」という名前で支店を出しているそうだ。高級レストランの店構えで、ほかの大衆的な店に比べて値段も高く、ひとりで入るのはすこし気が引けた。店内には日本のマンガが置いてあった。ラーメンとチャーハンのセットを頼んで待っていると、隣のテーブルに四人で来ていた白人グループが気になった。男性はフランネルシャツにデニムのオーバーオールという格好をし、女性は修道女のようなベールを被っていた。なんとなく気になったまま、ラーメンを食べ、チャーハンを平らげ、ビールを飲み干して、カードで支払いをして外に出た。なぜさっそく日本食屋に行ったのかというと、サンパウロでラーメン熱に火がついてしまったということに加え、山間部の料理にはあまり期待できないという根拠のない偏見がぼくのなかにあり、「山間部であるはずの」ボリビア料理に期待していなかったからじゃないかと思う。そういう保守的な感じになってしまっているのは、旅に慣れたというより、自分の怠慢さでしかない。

翌日は、宿から一・五キロくらいのところにある、ボリビア日系協会連合会（日ボ連合会）事務局の佐藤信壽《のぶとし》さんという人と会うことになっていた。佐藤さんのことは、かつてボリビアでボランティアをしていた元ＪＩＣＡ隊員の方に紹介してもらった。

ぼくはボリビアに二週間半滞在する予定になっていて、最終目的地はボリビア北部のアマゾンエリアにあるリベラルタという街だった。パラグアイでは日系移住地、ブラジルでは都会のサンパウロを回ってきて、そのどちらでもないらしいリベラルタに行きたいと考えていた（だが、このときは漠然と名前が気に入っていたとかそんな程度だったような気もする）。そしてリベラルタへ向かう前に、サンタクルス近郊にあるふたつの日系移住地にも寄って話を聞きたいと思って、その相談に来たのだった。

ふたつの移住地はそれぞれサンファン移住地とオキナワ移住地といった。オキナワ移住地はその名の通り、沖縄からの移住者たちが住むところだ。ここにぜひ行ってみたかった。オキナワ移住地には第一、第二、第三と、三つの地区があるということを、ネットを通じて知っていた。

これまでぼくはペルーやアルゼンチンなどで沖縄系の人と知り合う機会がたびたびあった。彼らの多くは現地に同化してすでに日本語を話さなくなっていたので、ここボリビアのオキナワ移住地でも、かつて沖縄の文化や言語を持っていた人たちが、わずかにその痕跡を残しつつも、現地に同化して暮らしているのではないか、と漠然と考えていた。「沖縄」が「オキナワ」にかわり、第一、第二、第三というどこかの団地のような名前のつけられ方をし、さらには自分にとって初めての国という想像のつかなさから、自分とはまったくべつの、異質な人たちが住んでいるというイメージをぼくは持っていた。

佐藤さんと会ってさっそく言われたのは、その日、つまりぼくがサンタクルスに到着した翌日の朝、ぼくの泊まっているホテルの近くで宝石店強盗があり、人質をとって立てこもった犯人に対して警察が発砲し、人質が死んでしまうという事件があったということだった。この事件は警察の不祥事として、ぼくがボリビアを離れるまでずっと人々の話題に上っていた。佐藤さん曰く、サンタクルスは治安がよくないので、旅行者は昼間でも注意したほうがいいとのことだった。

佐藤さんから移住地への移動方法などの情報を仕入れたあと、ぼくはいったん宿に戻ることにした。SIMカードの設定ができていたと思っていたのに、突然インターネットにつながらなくなったのだ。

サンタクルスの街は、中心部《セントロ》を取り囲んで四つの大通りが環状に走っている。日ボ連合会の事務局は、第一環状線(el primer anillo)と第二環状線(el segundo anillo)のあいだ、北に延びるモンセニョール・リベロ大通りの近くにあった。モンセニョール・リベロと第一環状線が交わる交差点は、ぼくが前日にバスを降りたところだった。なお、第一が一番小さく、それを第二、第三と囲み、第四が一番大きい環となっている（実は第十まであるようだが、きれいに環になっているのは現在第四まで）。

この街に来て戸惑ったのが、同じ通りの名前がまったくべつの名前に急に変わってしまうところで、たとえば第一環状線は、モンセニョール・リベロを起点（時計で一二時の位置）に、東側はウルグアイ通り、西側はカニョト通りと名前が異なる。ウルグアイ通りをしばらく行くとまたべつの大きな通りとぶつかり、その交差点（二時）を境にウルグアイ通りはアルゴモサ通りと名前を変える。つまり、一二時から二時がウルグアイ、二時から三時がアルゴモサ、三時から五時がビエドマ、五時から七時がイララ、七時から一二時がカニョトと、第一環状線だけで五個も名前がある。なお、第四の環状線はクアルト・アニージョ（el cuarto anillo）とそのままの名前がつけられ、何時になっても名前を変えることはない。みんな、クアルト・アニージョを見習ってほしい。

それから、これは南米の国はどこもそんな気がするが、通りの名前のつけ方がけっこう適当で、ウルグアイ通りというのはもちろんブラジル南部にあるウルグアイ東方共和国から来ているわけだが、ブエノスアイレスにもウルグアイ通りはある。というかたぶん、多くの南米の街にウルグアイ通りはあると思う。パラグアイ通りもあるし、ブラジル通りもある。Estados Unidos《アメリカ合衆国》という通りもあれば、Japon《日本》もある。つまり、「日本通り」は、ボリビア国内のいろんな街に存在し、そして南米各国のいろんな街にあると考えてもらうといいと思う。名前はほかと判別するためのものだからこれでいいのだろうが、なんか雑だなと思う。きらいじゃないけど。

さて、ぼくの泊まっていた宿は、第一環状線のウルグアイ通り沿いの一時くらいのところにあった。一二時からは距離にして一キロ弱といったところ。環状線には、路線バスがぐるぐる回っていたが乗るほどの距離ではないし、路面店も出ているし、歩行者の往来も多いしということで歩いて宿まで向かうことにした。同時に、佐藤さんの話を聞いて警戒心を取り戻したいと思っていた。こういうときはあからさまに警戒していますという態度は取らず、最低限の警戒心を外に見せつつあくまで地元民のように振る舞うのがいい、とぼくは考えているが、それが正解なのかどうかはわからない。これまで南米で危ない目に遭ったことはないが、単にラッキーだっただけかもしれない。でも、少なくともスマホの地図を見ながら歩くというようなことをするよりはマシだ。とは言っても真の地元民は歩きスマホくらいするので、歩きスマホをしたほうが逆に安心なんじゃないだろうか、などと考えていたら、風が強く吹き始め、砂埃を運んできた。

全身に砂が当たるというのがこんなに痛く厄介なものだとは知らなかった。ぼくはハードコンタクトレンズを使用していたので、細かい砂が入り、痛くて目が開けられなくなった。大量の涙を流し、両目をほとんど閉じ、鷹や鷲が飛び舞う空の下を両足を負傷したまま歩くカモのような気分で、いま強盗にあったとして盗られてまずいのはなにかを確認……する余裕もなく、ただすり足で歩いた。絶望的で、マヌケな気分だった。

どうにか近くの裁判所の建物までたどり着き、屋根の下で風にあおられて強く叩きつけてくる砂埃をやり過ごすことにした。裁判所の敷地内には、たくさんの人が、砂埃に慣れているのやら案外慣れていないのやら？　という感じでいた。ぼくは大量の涙でもって、なんとか片目を回復させ、もういっぽうの目は強烈な痛みが続いているので強く閉じているという怪しい状態で、人々の動向をうかがった。日は高く、大学生らしき人やスーツを着たビジネスマンなどがいて、ぼくが強盗だったらぼくみたいに短パンで片目を強烈につぶっている人間よりスーツの人間を狙うな、というようなことを考えていた。

砂嵐は案外すぐに去り、同時にぼくの目も回復し、強盗にも遭遇せず、無事に宿に戻り、ぼくのスマホはついにＷｉ-ｆｉにつながった。ＳＩＭカードについては、どうやら携帯会社でＩＤの登録をしなければいけないようであった。携帯会社の支店は裁判所の近くにあるみたいだったので、また来た道を戻る。そろそろ腹が減ってきたが、ひとまずこの件を日が沈む前に片付けてしまいたかった。で、支店だと思っていた場所に行くとそこにはたぶん携帯料金の支払いができるＡＴＭがあるだけで、警備員がライフルみたいなのを持って入口に立っていて、ほかには誰もいなかった。彼にどこに行けば登録ができるのかを聞くと、第一環状線の六時くらいのところでできる。そこまでは歩くと四〇分くらいはかかるからバスに乗れと言う。バスの番号を聞いて待っているとすぐに目的のバスは来た。手を挙げバスを止め、運転手に携帯会社の名前を言い、そこで降ろしてくれるように頼んだ。乗り合いバスは途中で乗客をたくさん拾い、たくさん降ろし、携帯会社の建物のすぐ目の前のバス停に止まって、ぼくを降ろした。運転手は指を指して入口を教えてくれた。ＩＤ登録は滞りなくすぐに済み、ＳＩＭの問題は永久に解決した。建物の隣にあった食堂でハンバーガーを食べた。

　夜は佐藤さんに誘われて、寮の若者（日ボ連合会事務局は日系の学生用の寮の敷地内にある）といっしょにチーファ[註2]へ行った。とてもうまい。南米で中華を食べてまずかった記憶はない。

　この旅ではぼくは「日系」を追っているが、中国系移民か韓国系移民はいつも隣にいる。コミュニティはべつだが、彼らの料理を食べるとなんだか落ち着くものである。中華も韓国料理も本格的なものが食べられる。また、たとえば韓国食材屋に行けば、昆布やわかめ、豆腐などを買うことができるので重宝する。本国同士の関係は近頃あまりいいと言えないが、遠く南米の地でぼくたち東アジアの食文化が密接に結びついていて離れないことがよくわかる。

チーファを食べながら、明日からサンファン移住地とオキナワ移住地へ行くことを佐藤さんに告げた。

なお、オキナワ移住地の前身と言える「うるま移住地」への入植は一九五四年より始まったが、当時の沖縄はアメリカ統治下にあり、日本政府はその設立に関わっていない。サンファン移住地への入植は日本政府の事業として一九五五年よりスタートした。ふたつの移住地はそういうわけでほぼ同時期に設立されたが、その経緯は異なっている。

翌日土曜日、はじめにサンファン移住地へ向かった。

サンタクルスからサンファン移住地まではだいたい二時間半くらいの道のりだ。第二環状線の一二時付近からバスに乗って北上する。途中、二回バスを乗り換えなければならない。だが、前日にチーファをいっしょに食べた若者がサンファンの出身で、この日ちょうど帰るということだったので、連れて行ってもらった。おかげで、ぼくはバスのなかで呑

2　Chifa＝ペルーや周辺諸国での中華料理／店のこと。チーファはペルー料理における中核的な料理のひとつとなっている。

気に居眠りをすることができた。

サンファンでは、パラグアイのラパス移住地でマッサージをしてもらったモニカさんに紹介されたSさんに会うことになっていた。事前のやりとりで若者の話が聞きたい旨をSさんに伝えると、ちょうどキャンプの日なのでそこに来たらどうかと提案された。そのキャンプでは、小さいころからみんな知っているという輪のなかに、まったく見知らぬ人間の自分が入っていかないといけない。ぼくはやや怖気づいていたが、キャンプだしビールを飲んでごまかすしかないと思っていた。

ぼくをサンファンまで連れてきてくれた若者はキャンプには参加しないという。彼女もSさんとはもちろん知り合いで、彼の家の前まで案内してくれた。サンファン移住地は、ぼくにとってパラグアイ以外での初めての日本人移住地だったが、第一印象として、パラグアイで訪ねたラパス移住地やイグアス移住地などと雰囲気は似ていると思った。一見ふつうの田舎町だが、なんとなく小ぎれいでこぢんまりとしているところも、慰霊碑があったり、資料館があったりするところも似ていた。

一本道に門のような看板が現われ、「サンファン日本人移住地」とでかでかと書かれていて、ここがサンファン移住地の入口のようだった。この街に入ったり出たりするときには、この看板がかならず目に入る。パラグアイの移住地は、日本人移住地であることがもっと控えめにしか主張されていない印象があったので驚いた。ボリビア社会に対して、ここからは日本だよ！　という主張をしているようにも、捉えようによってはできる気がした。

ぼくはこれを見て、ボリビアという国は、こんなに堂々と日本語の文字が飛び交うことを許容していてすごいなあなんて思っていたが、あとで考えてみると日本の地でもこういう許容はされている。たとえば中華街とか。こういうふうに考えてしまうのは、ぼくが、日本語は日本国内でしか流通していないと信じ、外国の地で堂々としていることに違和感を感じてしまう人間である、ということを示唆している。これだけ日本国の外で日本語や日本食／文化と出会ってきたのにもかかわらず、いまだに日本という意味を日本国と同じ領域、大きさでしか捉えることができない。そんな自分の了見の狭さに気づいてしまう。

開かれた日本語を使いたいと常々思っている。だが、開かれた日本語とはいったいなんだろうか。けっきょく日本語は日本国内と、いままで回ってきたような移住地や在外日本人相手以外には使われることはほとんどない。そのことは事実だ。だけどそれが世界のなかに存在し、日本語を理解しない人の目にも触れるということを、もっと身体的に受け入れる必要があるのだと自戒を込めて思う。

キャンプ

　ぼくはテントを持っている。ふたり用のテント。けれどもう一〇年近く使っていない。野外で火を起こし、飯盒で米を炊き、鍋でカレーを作ることを想像するとわくわくするが、そんなことは一〇年どころか子どものころ以来やっていない気がする。後片付けのことを考えると面倒くさい。そんな感じでずっとキャンプには縁がなかった。高校時代の友人たちはいまも集まってキャンプをしているようだが、ぼくのような人間は誘われない。キャンプをしない人間の陳腐なイメージでしかないが、カレーを食べながら昔話に花を咲かせ、星空の下でビールを飲み、遅くまで将来の希望や不安を共有し合う、みたいな人生の楽しみ、余暇をぼくは知らずに来てしまったのだとかなんとかゴチャゴチャ考えてしまう年上のめんどくさい人間を、サンファンの若者たちはよく受け入れてくれたと思う。ところで鍋に入っていたのはカレーではなく、ボリビアっぽい、牛肉やジャガイモなんかが入った煮込みスープだった。

サンファン移住地の青年部主催で、男女とも独身者ばかりが参加する二〇人くらいのキャンプ、一泊二日。みんなぼくよりもひと回り以上若かったと思う。ただ、日本で（ぼくが）気にするほど、みんな年齢のことや年齢差のことは気にしていなかった。しゃべる言葉は日本語だが、スペイン語的感覚とでもいうか、年齢のことにこだわるのは野暮なことだという雰囲気があって、だからきっと、ぼくもこれに参加できた。

キャンプ地はサンファン移住地から車で三〇分ほど行ったところだった。何台かのピックアップトラックやワゴンに分乗して一列になって道を進んだ。ぼくは会ったばかりのSさんの運転する車の助手席に乗せてもらった。Sさんはぼくより背の高い優しそうな顔の若者で、会って早々、「じゃあぼくの車で行きますので」と言った。Sさんのお母さんが、日焼けするからと言って、親切にも帽子を貸してくれた。ぼくがどこから来てどうしているのかといった質問を一切せず、行くことがあたり前のように話を進めてくれるのに驚いた。ふたりきりの車内だったが、Sさんが気を使って話を続けてくれたので、気まずいということはなかった。

車道はやがてただの草原みたいなところになり、途中、牛の群れに会い、ぬかるみを進み、着いたのはどこかの川べりだった。ビーチのように砂が続いていて、そのせいもあるのかちょっと海っぽい磯の香りがしていた気さえするが、あとづけのイメージでそう記憶していることだろう。その日は曇っていた。夜には雨がすこし降った。あいにくの天気で灰色の、なんだか世界の終わりっぽい景色。周りには民家などないので、晴れていれば星がすごいのだろう。地平線とまでは行かないまでも、どこまで歩いても同じ景色が広がっていそうな、開けた視界だった。

　荷物を運ぶのを手伝っていると、彼らは慣れた手つきでテントの設置を終え、さっそく肉を焼き始めた。ぼくは一応取材をしに来たつもりだったが、こんな川沿いでテントをバックに肉を焼いているというロマンチックなシチュエーションで、ボイスレコーダーを出して、さあ話してくれませんか？　だの、あなたにとって日本語とはなんですか？　だの、そんな野暮ができるはずがない。というかまずビールを飲んでこの輪のなかに入るほうが重要なのである。そのせいで、キャンプのことは、何枚かのわずかに撮った写真と、酔いが回るまでの記憶しか頼りにできないのだが。

　焼けた牛肉にチミチュリソース[註3]、もしくはトマト系のソースかなにかをかけて食べ、ビールを飲んでいるあいだに、何人かの若者がいったいこの人誰なの？　という好奇心からぼくに話しかけてくれた。ぼくは旅の目的やなぜこのキャンプに参加することになったのかを説明した。共通の話題がほとんどないなか、若者たちもぼくもがんばってコミュニケーションをとった。

青年部の部長だったと思うが、いったんサンファンにものを取りに行く必要が出てしばらく離脱したのをいいことに、みんなで落とし穴を掘った。彼が帰ってきたので、みんな笑いを押し殺して自然なふりをしながら彼を落とし穴に誘導すると、彼はなにやら感づき、きっと落とし穴があるだろう、だがおれは引っかからないぞ！　と言って落とし穴がありそうなところを避けて歩いたが、落とし穴がありそうなところはフェイクで、その近くに巧妙に隠した落とし穴に彼はまんまと落ちた。みんな大笑いし、彼は顔を赤らめていたが楽しそうだった。夜が更けて、ぼくは裸足になってビーチの感触を楽しみ、遅くまで飲んで、いくつか緩やかにできた少人数のグループのひとつに入れてもらい語らった。けれど、数人が眠れるテントがあるなか、Sさんがぼく専用のテントを用意してくれていて、ああ、ぼくは輪のなかにいたわけではないのだ、とやや寂しくなったが、そりゃそうなのである。

朝、数人の話し声と笑い声に起きると、すでに男性陣の半分くらいは起きていて、火の近くで寝そべりながら、昨日のスープの残りを温めていた。飲んだ次の日はやっぱこれでしょ、という料理なんだそうだ。

3　パセリとニンニクのみじん切りを、塩とオリーブオイル、白ワインビネガーで和えたアルゼンチン発祥のソース。焼いた牛肉や豚肉などにかけて食べられている。

サンファン移住地には九州からの移住者が多いようで、若者たちも九州らしいアクセントで話していた。九州地区以外からの出身者もいるのだろうが、言葉は強いほうに「寄っていく」ので、九州訛り（長崎出身者が多いらしいので長崎弁？）に、酒が入るにつれどんどんスペイン語も多くなっていく、という感じだった。ただ、どんな会話をしていたのか、ああ情けない、ぼくはぜんぜん覚えていなくて、けれど、朝食を食べたあと、みんな火の近くで昨日の晩の名残をたしかめるように話していて、ぼくのような部外者が自分の興味のためにその余韻を邪魔してはいけないような気がしたので、ぼくはひとり川沿いを散歩した。だだっ広い川べりの湿った土地にぽつんと彼らはいて、みんなで固まっている様は、どこかノスタルジックな光景だった。

キャンプから戻り、サンファン移住地ではもう一泊、Sさんの家に泊まらせてもらった。夜は彼のお父さんにウィスキーだかワインだかをたらふく飲ませてもらった。Sさんの家は、広い敷地の真ん中が大きな庭になっていて、それを取り囲む建物がいくつかあったと記憶している。個人宅というよりはリゾートホテルみたいな印象もあったが、屋内の家具や小物が日本ぽい雰囲気を出していた。朝食は、ご飯と味噌汁、梅干しなどを食べさせてもらった。卵焼きもあった気がする。至れり尽くせりだった。

居間では、前の晩いっしょに酒を飲みながら議論を白熱させたSさんのお父さんがNHKワールドを不機嫌そうに見ていた。おはようございますとあいさつをすると昨晩のことは覚えていないのか、微笑みを浮かべて、「おはよう」と返事をくれた。飲みの席でぼくは彼にえらそうな意見を言っていたのだった。

日本人移住地では、パラグアイでもそうだと感じたが、そこに暮らす人たちそれぞれの人間関係が濃く、日本文化を保持する仕方の純度が高いため、古き良き日本を感じることができる。けれども、それが悪く働いてしまうと単なる時代遅れの価値観に縛られているようにも見える、というようなことをぼくは言った。たとえば、昭和の封建的な夫婦のあり方や親子関係についてもの申した。あるいは自身は「日本から」移住してきた経緯があって、定着の苦労をする親世代の姿をすぐそばで見てきたからこそ（Sさんのお父さんは子どものころに日本から移住した一世）、日本人であることをことさらに誇り、日本生まれではない自らの子どもに対して、自分の「日本性」の優位を感じているのではないか、みたいなことまで言った。

というのも、お父さんとは最初、ぼくの家族のことや旅行の目的のことを話していたのだけど、酒が入ったお父さんは、徐々に自分の息子《Sさん》がまだまだ未熟なことを本人の前でかなり強く愚痴り始めたのだった。それに対してSさんもお母さんもいつもそうなのかまったくぼくには見当もつかないが、黙ってひたすら聞いている、という状況だったので、ぼくは泊めてもらっている身だからこそ、その家主の言うことに対してイエスマンになってはならないなどと考えて、よけいに強く主張・反論したのだった。

しかし、そうやって酒が入って議論した翌朝には、気恥ずかしい気持ちになってしまうのだから仕方がない。酒を飲まないと議論できないのだとしたらかなしすぎる。酒の席では議論してはならない、のではなくて、酒を飲まなくてもできる議論をちゃんとすればいいのだけど、どうしてかそれができない人が多い（つまり自分がそうだということだ）。そして、そういう議論はもはや議論ではなくて、相手を言いくるめたいとか、自分の思考の正しさを誇示したいとか、ときにはほかに盛り上がる話題がないために、あるいは盛り上がる話題を探すことをさぼって、手っ取り早く間を埋めようとするためとかのものだ。それを聞かされる人たちは、そのストレスの発され方にうんざりし、酒を飲む手を止めて、いつのまにか片付けをし始めたり、もう寝ますと言って奥に消えていったり、あるいはべつのことを考えながらにやにやしたりするのだ。

昨日のSさんはそんなぼくの態度をなんとも言えない表情で見ていて、「日本人てこんなにはっきり言わないんだと思ってた」と言った。ぼくはそう言われるのをポジティブに捉えて、よけいにはっきりとそういう主張をくり返したが、本当のところはポジティブな意味ではなかっただろうと、あとになってから思った。

お父さんがNHKを不機嫌そうに見ていたのも、ぼくのあいさつに微笑みを浮かべたのも、実際には後悔じみた思いを抱えて、恐る恐る起きてきたぼくの目にそう映っただけなのかもしれない。お父さんは昨夜のことなど気にもしていないような感じだったが、昨日は議論が白熱しましたねとも言えないぼくはなにも聞けずに、北朝鮮がミサイルを発射したとかするかもしれないとかいう、その日のニュースを見ながらご飯を食べた。

そんなSさん一家は、ぼくのために車を頼んでくれたのだった。お礼とお別れをして、二時間くらい車の移動。サンファン移住地から東に一〇〇キロほど行くと、沖縄系の人々が入植したオキナワ移住地がある。本当はバスに乗って向かうはずだったが、ご厚意に甘えることにした。

めんそ〜れ

道中ぼくは例によって寝てしまい、運転手に起こされるともうオキナワ移住地に着いていた。移住地の入口にはサンフアンと同様に、「めんそ〜れオキナワへ」という看板があったはずだが、風景の移り変わりも含め、ぼくは見逃してしまった。寝起きの目に入ってきた町の第一印象は、ただただ埃っぽいところというもの。サンタクルスに着いたときも同じ感想だったが、さらに土にまみれており、サンタクルスが灰色だとすればオキナワは灰色に茶色の混ざったような印象を受けた。メインストリートの一本道にぽつぽつと店や建物があって、道も建物も茶色っぽい灰色という感じで、サンフアンに比べてよりローカル感が強いというか、荒っぽさみたいなものがあると思った。

サンタクルスの日ボ連合会の佐藤さんが話を通してくれているはずの、オキナワ日ボ協会（日ボ協会）の事務局へ行った。そこは、日本にもよくあるような、新しくも思えるが年季が入っているようにも見える公共施設らしい建物で、玄関口を入ってすぐ横に事務所があった。ぼくは事務所の窓口に向かって、誰に言うでもなく「すみません」と声をかけた。なかには市役所のようにデスクが並べられていて、その上にたくさんの書類が置かれていた。職員は三人くらいしかいない様子だった。

四〇代後半くらいのすこし小太りな男性が出てきて、「ああ、なんか取材したいとかいうのですよね。聞いてますよ」と素っ気ない感じだったので、意外に思った。ぼくは図々しくも、オキナワ移住地であるから、沖縄人の血を引き、沖縄の名字を持ち、日本からはるばるやってきたぼくは歓迎されるはずだと信じていた。だから、佐藤さんが話を通してくれると言ったときも、事前にアポなんか取らなくても、きっとすぐにみんな興味を持ってくれるだろうとすら思っていた。当然、誰かが家に泊めてくれるだろうと期待して、宿も決めていなかった。そして、それが本当にただの傲慢だったことに気づくのは、もうすこしあとのことだった。

その男性（以後Aさんとする）に、「もう三〇分くらいしたら昼休憩に入りますので、ちょっとお待ちいただけますか？」と言われて、もっと距離の近いフレンドリーな対応を期待してたんだけどなあ、と思いながら、「わかりました」とぼくは言った。それにしても、サンファンでのキャンプですでに聞いていたものの、なんの問題もなく日本語が通じたのは事前の予想と違っていた。

Aさんを待つあいだ、隣の建物にあった移住資料館を見学することにした。そこには、オキナワ移住地の設立された経緯や入植当時の写真、移住時に持ち込んだトランクや農具などが展示されていた。説明文はすべて日本語で書かれていた。これまで行ったどの移住地のどこでも資料館はあったが、ここの資料館が一番規模が大きかった。丁寧に見ていくには時間が足りなそうなので、ざっと見て回り、資料として置いてあった『ボリビアの大地に生きる沖縄移民』というオキナワ移住地《コロニア・オキナワ》入植五〇周年記念誌をめくってみた。その本は分厚く、表紙には、沖縄を出発する直前に移民船の甲板に立ち紙テープを持つ人たちと、それを見送る人たちが写った写真が使われていた。見送る人のなかには日の丸を振る人もいた。

本の冒頭には、何人かの祝辞が載っていた――ボリビア共和国大統領[註4]、オキナワのあるサンタクルス県知事、在ボリビア日本国特命全権大使、沖縄県知事、それから在ボリビア米国大使の祝辞も掲載されていた(肩書きはすべて当時)。太平洋戦争後のアメリカ統治時代にオキナワ移住地は設立され、その設立過程において、琉球列島米国民政府やアメリカ合衆国政府が関わっている。

終戦後、すでにボリビアに住んでいた沖縄出身の移住者たちは、地上戦が行なわれたために約九万四〇〇〇人の民間人が亡くなった沖縄の状況を憂い、救援会を立ち上げ、沖縄人をボリビアに受け入れる準備を始めた。彼らは新たな移民を受け入れるための農業組合を組織し、移住地の候補も選定した。いっぽう、本島の一四パーセントを軍用地としてアメリカに押さえられ、日本本土や外地に住んでいた沖縄出身者たちが大量に引き揚げてきたこともあって、沖縄では土地も食料も不足していた。それを解決したい琉球政府は、このボリビアへの沖縄人受け入れの提案を具体化させることにした。また、アメリカはアメリカで、ラテンアメリカへの影響力低下を懸念し、当時のボリビアの独裁政権を共産主義への防波堤として利用しようと考えたことや、有色人種である沖縄人移民をアメリカ本土に受け入れないようにしたいと考えたことなどもあって、沖縄人のボリビア移住に積極的に関与したということである。

そうして、一九五四年八月に「うるま移住地」に第一次移民が入植した。「うるま」とは沖縄(琉球)の美称である。それがあとになって現在の「オキナワ移住地」に名称変更したのかと思ったらそうではなかった。

うるま移住地に入植が始まってからわずか二ヶ月半ほどで、移住地内に「うるま病」と呼ばれた伝染病が蔓延し始め、移住者約四〇〇人のなかから死者が一五人も出てしまった

4 現在はボリビア多民族国が正式名称。

のである。罹った人は一四〇人を越えたという。そのため、同年の一二月には移住者たちの総会において、うるま移住地は放棄、新たな移住地へ再入植することが決定された。そうして、第一陣の入植から一年もしないうちに、うるま移住地から一三〇キロ離れた「パロメティヤ移住地」へ全住民が移動することになった。

ぼくは展示室に戻り、さっきはざっと見るだけだった写真を見直すことにした。そこには、野外で総会を行なっているところや、牛車に乗って大移動する人々、パロメティヤへ向かう道が雨に降られてボコボコになっている様子、移動が完了し祝賀会を行なっているところを写したものなどがあった。

しかしながら、住民たちはこのパロメティヤ移住地にも一年ほどしかいられなかったのである。なぜならそこでは、移住地周辺の地主たちの反発があったため土地はあまり確保できず、これから新しくやって来る移住者たちに割り振ることのできる土地が不足していたからだった。そして二回の大移動のすえに彼らがたどり着いたのが、いまのオキナワ移住地だ。オキナワ移住地はその後拡大を続け、最初の開拓地が第一、その隣に第二、第三移住地があり、この一帯は現在、ボリビア政府の承認を受けて行政区となっている。

資料館には、うるま病の調査カルテも展示してあった。添えられた説明文には、「この伝染病は発症してから三日目にはかならず死亡し、四日目まで耐えぬけた人はかならず助かると言われた」とあった。カルテには名前と年齢が書かれ、戦前どこに住んでいたか（沖縄、日本本土、南洋諸島、フィリピンなど）、発病前になにかに噛まれたか（蚊やハエなど）、なにを食べたか（刺身や獣など）、発病の日付、場所、症状、嗜好品の有無（酒やタバコの量など）が記されていた。そして「死亡」と書かれたカルテもいくつかあった。

　ぼくはその光景を想像しては衝撃を受け、さらに空腹のために胃が痛くなり、両方が混ざったせいでせかせかした気持ちになって、ぼくはもう一度『ボリビアの大地に生きる沖縄移民』をめくった。入植一世の思い出話などが多数載っていて、とても読みごたえがある本だった。うるま移住地入植当時のエピソード――壁も屋根もない未完成の小屋に寝なくてはいけなかったこと、井戸が掘られるまで飲料水にも困ったこと、森を切り開くことだけをしなくてはいけなかったこと、夜になると三線やそのほかの楽器を鳴らし、酒を飲みながら話し合ったこと、パロメティヤへの移動に際して資金がほとんど底をついていたために途中の町の綿工場で稼ぎながら移動したこと、うるま病蔓延時の混乱のこと、沖縄から家族を呼び寄せたこと……などなど。あたりまえのことだが、移住者ひとりひとりにエピソードがあって、その集合体が移住地を作ってきたのである。もちろん、オキナワ移住地だけでなく、サンファンにもパラグアイの各移住地にも物語があり、慰霊碑が立っている。ぼくはサンファンで酒を飲みながらSさんのお父さんと「議論」をしていたとき、そんな当然のことを考えていただろうか。彼も彼の親も、そういう物語を持っているということを想像しながら話ができていただろうか。できていなかった。言いたいことを言ってはいけないわけではないが、あのときのぼくには敬意が抜けていた。

たとえば外国で日本食を食べるとき、それはどういう人の物語がもたらしたものであるのかを、ぼくたちはちゃんと考えることができているか。人々の物語を想像するというのは、歴史を知るということであり、敬意を払う行為でもある。移民の苦労話がぎっしり詰まった本を読みながら、そんなのは自明のことなのにしばしば忘れてしまう、と改めて思った。

ほかに気になったのは、ボリビアにおける日本人移住の始まりについての話で、つまりサンフアンやオキナワよりずっと前の太平洋戦争前のボリビア移住者の話だったが、その内容にとにかく驚いた。以下に伊江島出身で一九五八年にオキナワに移住した山城健司さんの「オキナワ移住地50年史〜パイオニアたちが残した足跡〜」を引用する。

ボリビア共和国への日本人移住は、ペルー共和国への移住と深く関わっている。外務省の『移住統計』(1964年7月刊)によると、1916年(大正5年)に日本からボリビアへの最初の移住者1名が入国したのを皮切りに、その後毎年のように数名ないし数十名

と続いている。そして太平洋戦争が勃発した1941年（昭和16年）までに入国者の合計は202名に達している。

いっぽう、1916年以前にもボリビアに日本人が入っていたことを示すべつの資料が存在する。ペルーの在リマ日本国領事館の1911年（明治44年）12月現在の報告によると、ペルー全体の在留邦人は4，866人となっているが、その備考欄にボリビアのリベラルタ町に200名、ラ・パス市付近に20名の日本人がいたことが記述されている。

なぜ最初の移住者が入国した1916年より5年前の報告書にボリビアの在留邦人数が記入されているかというと、ペルーへの初期の移住者たちがボリビア北西部の奥アマゾン（現在のバンド県）に転住し、ゴム樹液（ラテックス）の採取や商業などに従事していたからである。当時の奥アマゾンは、天然ゴムの産出による空前の好景気を迎えており、世界中から労働者と資本家を集めていた。この時代にペルーからボリビア北部のベニ県およびバンド県に転住した日本人の総数は2，000人に達すると推定されている。

すなわち、ボリビアにおける初期移住者の多くはペルーからの転住者であり、公式の統計には存在しない人々だったのである。（同書五二ページ）

一八九九年に始まったペルーへの日本人の集団移民の一部は、ペルーの農園での過酷な労働と劣悪な環境に耐えきれず逃げ出し、新たな仕事や環境を求めてボリビアに越境してきたということらしい。一八九九年の第一次ペルー移民（七九〇人）たちは、そもそも、契約移民としてサトウキビ農園で働き、契約満了の四年後には日本に帰るはずの出稼ぎ労働者だった。四年間異国の地で労働に励めば、たくさんのお金を持って日本に帰ることができるという希望を抱いてやってきた人たちだった。だが、労働環境の悪さ、不衛生な水環境、チフスやマラリアなどの感染症が理由で多数の死者を出し、契約を終えて日本に帰国できた人たちは二〇〇名にも満たなかったという。そのほかの人々は日本に帰れないまま死んだか、農園から逃げ出し、ペルーやボリビアの各地に分散していったと推測される。だから最初期に誰がボリビアに定着し、それがいつのことだったのか、正確なことはわかっていないらしい。遅くとも一九〇七年には定着は始まっていたということが当時の在リマ日本国領事館の報告書で確認できる。彼らは故郷に帰ることも、あるいは手助けを得ることもできないまま、アマゾンの奥地に職と住処を見つけ、生活した。

ペルー生まれであるにもかかわらず、恥ずかしながらぼくはこのときまでそういう歴史を知らなかった。ショックを受けたのは、ボリビア移民の始まりがこのような衝撃的なものであったことについてなのか、それとも自分の曽祖父母もその一部である戦前のペルー移民の歴史が、あまりにも無計画で無責任なものの上に続いてきたことについてなのか、その両方なのか、ちょっとショックが大き過ぎて判断できなかった。でも、すぐに自分の曽祖父母のことを思った。

ぼくの曽祖父が契約移民として移住したのは一九二〇年のことで、最初期のペルー移民からは二〇年以上の月日が経過している。つまり、帰れない人々や死者が多数出ているにもかかわらず、ペルーへの移民はそのときですでに二〇年続いていた。[註5] 南米の土地でがんばれば故郷に錦を飾ることができると信じて人々は海を越えたけれども、実際にはそれは片道切符でどんどん人は死に、どんどんどこかへ消えて行った……なんて、もう漫画みたいな世界だ。

Aさんが昼休憩に入り、彼の車に乗せてもらってレストランへ食事に行くことになった。ほんの数分で着いた。そこはAさんの家のすぐ隣にあって、ぱっと見はふつうの一軒家のようだった。玄関を入るとテーブルが一〇卓くらいで、大半は先客で埋まっていた。ぼく

5 ペルーへの契約移民は一九二三年まで続いた。契約移民廃止後は、自由移民として多くの人々がペルーへ渡っている。なお、契約移民は、労働条件や場所、契約期間などが決められていたが、契約期間の一年（契約により四年、あるいは半年の場合もあり）をまっとうすれば、いずれの地域へ出てもよく、また、いずれの職業についてもよいという自由移民の身分になれた。

たちは壁際の四人がけのテーブルについた。このお店も沖縄系の人が経営しているというので、ひさびさに沖縄料理が食べられるかもと期待した。だが、周りの客はみんなボリビア料理らしきスープをすすっており、Aさん曰く沖縄料理を出すレストランはこの町にはないという。沖縄料理はみんな家庭で食べるということだった。レストランのオーナーらしき女性がメニューを持ってきてくれて、肉か魚か、という感じだったので、肉にすることにした。たしか鶏肉だった。

待っているあいだ、ぼくは周りのテーブルの様子を観察していた。平日の昼どきに、こんなふうに移住地のレストランで食事をすることは、考えてみたらこの旅では初めてかもしれなかった。だいたいお世話になっている人のお宅でご馳走してもらったり、自炊したりしていて、仕事の休憩時間に食事をしている人たちを見ることはなかった。

沖縄人っぽい人ではなく、ボリビア人らしいボリビア人で占められた店内で、あれちょっとこの人は沖縄系かな？　と思った人たちが一組いた。みんな作業着のようなものを着ていたので、農業か土木系の仕事をしている人たちかもしれなかった。スープをすすっている音に紛れて聞こえてくるスペイン語の会話は途切れ途切れだった。日本の、仕事人たちが多い食堂の雰囲気とそう変わらない。店の人は忙しそうに皿を運び、客は食べ終わるとすぐに店を出る、そんな感じ。

ぼくのお腹が鳴り始め、Aさんにもそれは聞こえるだろうなと思ってきたころ、まずスープが運ばれてきた。肉を選んでも魚を選んでもそのスープはついてくるらしい。とてもうれしい。スープはトマトベースで、鶏肉とスパゲッティがすこし、それとジャガイモも入っていた。ぼくは香草系が苦手だが、こっちの香草は日本で食べるものより匂いがやわらかでそこまで嫌いじゃなかった。トマトの香りと鶏肉のコクが混ざって旨味がしっかり出ていた。鶏肉はライスといっしょにやってきて、味付けについては忘れた。ペルーの料理と食材も味付けも似ている気もしたが、知っている味とは違った。

沖縄の人だもん

食事が終わったころ、Aさんが比嘉悟《ひがさとる》さんを呼んでくれた。このお店の息子さんである。「日本から来てて、若い人の話聞きたいんだって」とAさんが悟さんにぼくのことを説明すると、なにもわからず呼び出された格好の彼は、「えー」ともじもじしていた。おもむろにボイスレコーダーを取り出すとよけい緊張したようだったが、あんまり気にしないで話を聞くことにした。

この日は寒波が来ていて、標高が低く年中温暖なボリビア東部もかなり冷え込んでいて、彼はセーターを着ていた。でも店のなかだから腕まくりをしていた。彼はぼくがここオキナワ移住地で初めて会った若者だったが、さすが沖縄という彫りの深い顔立ちでヒゲも濃く、さっそく親近感を覚えたのだった。

いま、このとき録った音声を聞くと、ぼくの態度はまるで近所に住む小さいときから知っている親戚の子に話を聞いているというような、あるいは、自分が日本の沖縄を背負っているかのような、傲慢な印象を受ける。なにしろ自分ばかりしゃべりすぎている。悟さんは沖縄に行ったことがないらしく、だから「知っている自分」が若い彼に沖縄を教えてあげる、みたいな感じになっていて鼻につく。最後までこのインタビューを聞き返すのがけっこうしんどい。若い人をつかまえて、えらそうに自分語りをして、「おれは沖縄のことならなんでも知ってるから、なんでも聞いてよ」とでも言い出しそうなうざいおっさん感（本人は兄貴分の気分）がかなしい。この男だって沖縄に住んだことなどないくせに。

悟さんは二二歳で、一家は祖父母の代からこのレストランをやっているそうだ。移住地では農家が大多数を占めるなかで、悟さんの一家は農業をやっていない。

「こっちでは、長男は農家になるための勉強をするものなんですけどね。うちの場合は、父親は長男ですけど、（祖父母のやっていた）畑を継がなかったんです。父の弟が継いだので」

悟さんも父親と同じく長男である。二歳違いの姉がいて、八歳下に弟がいる三人きょうだいだ。彼にこのお店を継ぐつもりがあるのかを聞くと、いまのところその気はないということだ。

「去年までシステムエンジニアをやってたんですがつまずいてしまったので、サンタクルスの短大でもともと好きだったパティシエの勉強をいまはしています。パティシエになったら、沖縄のお菓子を勉強して、それでこっちの、オキナワ移住地かサンタクルスかでお店を持って、そういうのを広めるっていうことをしてみたいと思っています」

住み慣れた土地でお店を開きたいそうだ。これまで南米各地の移住地でインタビューしてきてすでに何度か触れているが、移住地の若者たちはその土地に愛着を持っていることから、土地を離れてどこかべつの場所に拠点を持とうというふうに考えるケースは少ない印象だ。でもぼくは、「(お菓子の勉強をしに行って)沖縄に住む可能性だってあるよね、彼女ができてそのまま住み続けるみたいなさ」といった誘導尋問的な質問をいくつか重ねることで、悟さんから「ほかの場所に住むっていうことも可能性としてあると思う」という発言を引き出して満足げだった。なにがしたいのか。

「とにかく寒くなければどこでもいいです」と彼は言った。ぼくがほしがっている回答を察して、それに合わせてくれただけにすぎないといまは感じるけれど、同時に本当にそういう思いも彼のなかにはもしかしたらあるかもしれない。

「ぼくの場合、家業を継ぐ話はそこまでないから、日本に行って住んでもいいし違う国に行ってっていうのも一応考える」

「どこでもいい感じ?」

「どこでもいいですね、仕事に困らなければ」

「お酒は飲むの？」

「まあまあ飲みますね」

「お酒を飲めない国はどうかな？」

「飲めないなら飲めないでべつに問題ないです。飲めたらいいなぐらい。だからどこでも住める気がする」

「寒くても大丈夫？」

「寒いところは嫌、それはダメだ。寒いところ以外だったら大丈夫」

「沖縄にも一応冬はあるけどどうかな？」

「冬は一〇度以下にならなければ大丈夫。それ以下になったら外出たくないです」

「台風はどうかな。沖縄にはよく台風が来るけど」

「台風は体験したことないから。体験してやっと、それがどうか言えると思うから、体験したことがないのは嫌だなって思います」

彼にとって海のある沖縄は、あくまでも一時的に製菓なりなんなりの勉強をしに行ってみたい憧れの土地、というのがぼくの受けた印象だった。そして、憧れの土地と住む土地は同じでなくてもかまわないのだ。

沖縄に行ったことがない悟さんの、沖縄に対する印象はかなり漠然としていて、「海がきれいそうだから見てみたい」という感じ。ここオキナワ移住地のあるボリビアには海はなく、彼は海を見たことがないそうだ（正確には彼は三歳から五歳まで親の出稼ぎのために神奈川に住んでいたことがあるので、そのときに海を見た記憶がわずかながらあるらしい）。

沖縄に対する印象を語るとき、たとえば沖縄はきっと「のんびり」しているに違いないと彼は言う。同じく、ここ、ボリビアのオキナワものんびりしていると認めている。でも、と彼は言う。

「さすがに（オキナワ移住地でも）どっかにモノを置きっぱなしにしておくようなことはもうダメですね。いまはもう人が増えたので。前だったらドアも開けっぱでも大丈夫だった。鍵閉めなくても。塀も前はほとんどなかったです。ちっちゃいやつくらい。もうちょっと安心できるような、もうちょっとリラックスして生きていける世の中になってほしい。そんなに気を張って生きていきたくないから」

それでも、ボリビアのほかの地域に比べれば、オキナワ移住地はリラックスできる土地なんだろう。それは滞在した数日を通してぼくが思ったことだったし、そこで育った彼にとってはもっとそうなんだと思う。

ぼくはオキナワ移住地で、悟さんのあとにも何人かの若者に会って話をすることができたのだが、「沖縄人《ウチナーンチュ》」であることはどういうことなのかをずっと考えていた。とても不思議な気持ちだった。

これまで訪ねてきたパラグアイ、ボリビアの各移住地は、北海道・本州・四国・九州と、全国各地から移住してきた人たちが暮らしていて、「日本性」が集約されていた場所だった。サンパウロの東洋人街もそうだと思う。もともとは日本各地のそれぞれの、気候や生活習慣が違って、言葉遣いも異なる場所で暮らしていた人たちが、「日本」という名前のもとで、ひとつの集団を作っている。

でも、このオキナワ移住地は、その成立の歴史から、住民は沖縄本島という限定された土地の出身者で構成されている。つまり日本という概念よりはっきりした出自の人たちが住んでいる、と言うこともできる。だから、言葉のイントネーションも先祖たちが紡いできた歴史も生活習慣も、移住が始まった一九五〇年代時点では、沖縄本島のそれそのものだったと想像できる（もちろん沖縄本島であっても地域によっての違いはあるだろうが）。同じ根っこを持つ習慣や価値観や歴史が、南米移住というポイントで枝分かれして、この海のない土地で受け継がれている。パラレルワールド的沖縄と言ってもいいかもしれない。沖縄ではないバージョンのオキナワが故郷のウチナーンチュが、ここには住んでいる。

話はやがて悟さんの対人関係のことに行き着いた。

「これは興味本位の質問なんだけど、悟さんにとって、仲良くなる友だちと仲良くならない友だちの差というのはなんなの？」

「気安くしゃべれる人、ぼくからもタメロでものを言えるしあっちもタメロ、みたいな歳の差関係なく冗談も言い合えて、っていうのは仲良くなれるんですけど、相手が最初から『おれには敬語使えよ』というような上から目線な人は苦手です。それからずっと自分のことしかしゃべらないような人は苦手ですね。グイグイ近寄ってきて、パーソナルスペースのなかまで入ってくるような人も苦手」

「でも、ボリビアではそういう（パーソナルスペースのなかに入ってくるような）人も多いのでは？」と聞くと、やはり多いそうである。パーソナルスペースというのは言語や文化圏に応じて伸び縮みするはずで、実際ぼくもアルゼンチン人の友だちといるときのほうがスキンシップも多く、話すときの距離も近くなる。

「たぶん、日系人とか日本人は、場をわきまえるというか、あんまり強く押さずに会話をしようとするんですけど、ボリビア人たちはグイグイくる感じで、会話っていうより自分の言葉を投げかけてくるんですよ。そういう人は苦手。ふつうに会話が成り立てば仲良くなれます」

悟さんの言うところのパーソナルスペースは日本のそれをベースにしているのだろう。ぼくも外国にいて、現地の人とハグをしたりキスをしたりしていても、同じ場所にいる日本人／日系人とはそれをしなかったり、なんだかできないような空気感を（たがいに）作ってしまったりした経験がある。ボリビアに住んで、ボリビア人の友だちもいるはずの悟さんとそういう感覚を共有できるのはおもしろいことだった。おそらく日本語という言語がスペイン語などの西洋言語に比べてパーソナルスペースを必要としているのかも？と思ったが、同時に、国土の狭い日本では家とか銭湯とか、人との物理的距離は近いのに、パーソナルスペースはけっこう広めに取る感じなのが不思議だと思った。

悟さんをぼくに紹介したあとどこかに行っていたAさんが店に戻ってきて、インタビューは終わった。「泊まるところはあるんですか？」と聞かれたので、まだ決めていないんです、と答えた。きっとオキナワ移住地では誰かしらが世話してくれるものと期待していたので、Aさんがホテルかゲストハウスなら一軒ずつあるから、と言ったのを聞いて、あれーアテが外れたかもなとぼくは思った。これまでほとんどホテルに泊まらず、人の好意に甘えて家に泊めてもらうことがあたりまえみたいになっていたのだった。

Aさんの車で日ボ協会の事務所に戻る途中、「オキナワ第一地域開発振興会」という看板のある建物に寄ることになった。いま思うと、泊めてくれる人がいたらいいなあと思っているぼくの様子に気づいて、Aさんが気を利かせてくれたに違いない。建物に入るとすぐ、初老の男性がなにやら作業していて、Aさんが紹介してくれた。顔が優しい痩せた男性は安里《あさと》ファウストさんという方で、農具だろうか、機械をいじりながら、ぼくの様子を聞いてすぐに、「泊まるところはあるの?」と聞いた。ぼくはもったいぶって旅の目的を説明したあと、「泊めていただけるならありがたいです」と言った。Aさんは「よかったねえ」と言い残して事務所に帰っていった。

ファウストさんの作業が終わるまで時間があったので建物を見せてもらった。そこにはいくつかの部屋があり、奥は体育館のようになっていた。おそらくここでなにかイベントがあったり、子どもたちのスポーツ大会みたいなことが開かれたりするに違いない。建物は年季が入っていて、そのときは電気をつけていなかったので、薄暗くちょっと怖いなと思った。

外に出て、建物の外観を写真に撮った。そのあとでようやく、建物の向かいに鳥居があることに気づき、びっくりした。オキナワ移住地に来る前にネットでここにも鳥居があることは知っていたはずだったが、沖縄に鳥居、という組み合わせがピンと来ていなかったので、無視していたのかもしれない。沖縄では明治時代の琉球処分以降、政府の皇民化政策が進められた結果、神道に合わせて御嶽《うたき》に鳥居が設置されたらしい。御嶽とは琉球の神がいたり来訪したりする「場」で、神道的「神社」とはそもそも考え方が違うため、太平洋戦争後に沖縄では鳥居が撤去されたケースも多いとか。ということをぼくはずっとあとで知ったので、このときには説明できない違和感だけがあった。そういう複雑な歴史があるなか、オキナワ移住地に鳥居があるということは興味深いと思う。どうやら、そこで暮らす沖縄系の住民が寄贈したものらしい。ちなみに鳥居の向こう側には広場があって、神社のようなものはなかった。誰もいなかったので、鳥居はぽつんとそこにあった。

作業を終えたファウストさんの車で彼の家まで連れて行ってもらった。家は開発振興会からすぐのところだったが、青空の下、あまり舗装されていない道を走ると、各ブロックに巨大な家々が一戸ずつ並んでいて驚いた。どれも沖縄系の人たちの家なのだという。資料館でオキナワ移住地の成り立ちを知ったあとにその景色を見ると、はてしない苦労を経てこのような豪邸が建ち並んでいることには、相応の因果があるというか、当然というか、そんなことを思った。感銘を受けたのだった。

ファウストさんの家も大きかった。だだっ広い庭のちょうど真ん中に、平屋の家が立っていた。立派な玄関を通り、部屋に案内してもらった。一〇畳はあっただろうか。大きなベッドがあって、ここをひとりで使っていいという。「散らかってるけど、気にしないで使っていいから。そういえば何泊するの?」。

ぼくは三泊させてもらいたいことを伝えると、ファウストさんは笑顔で「わかった」と言って、家の奥へ入っていった。それからしばらく荷物を整理したり、ベッドでちょっと横になっていたりしたら、息子の直也さんが仕事から帰ってきた。直也さんは、細身だが筋肉質の精悍な若者で、ファウストさんが出てきて「彼を泊めることになったから、世話してやって」と告げまた自分の部屋に入っていくのを見送りながら、いつものことと言わんばかりに、なんでもない顔をして「わかった」と言った。ぼくは旅の目的を伝えると、興味を持ってもらったのかどうかわからないが、オキナワ第一の若者に会いたいと言うなら飲み会でも開くよ、と言ってくれた。

直也さんへのぼくの第一印象は、寡黙な人という感じで、あまり外に感情を出さないタイプなのかなと思った。この印象についてはあとで思い直すことになったが。直也さんはこのとき二七歳の三世で、ファウストさんが二世である。ぼくが自己紹介を済ませると、直也さんはキッチンに向かい、コンロでスープを温めだした。今夜の晩御飯らしい。ぼくの手持ち無沙汰な感じを見てとると、「部屋で休んでていいよ」と言った。けれどぼくとしてはそうはしたくなく、かといって手伝えることもなく、どんなスープなのかを観察したり、オキナワ移住地の各家庭ではどんなものを食べるのかということを聞いたりした。オキナワ移住地にいくつかあるレストランには、日本食を出すところはあるらしい。直也さんが温めていたのは、昆布が入った沖縄っぽい出汁のものだった。おでんだったように記憶している。

ファウストさんが部屋から再登場して食事が始まり、テレビで天気予報を見たり、先日のサンタクルスのニュースの続報を見たりしながら、三人で世間話をした。

食べ終わるとファウストさんは作業があるから、と言って再び奥に引っ込んでいった。テレビがついたまま、ビールを飲み、ぼくは直也さんに話を聞いた。

彼は、前年に県費の研修生として沖縄に一年ほど滞在し、大学に通っていたらしい。ぼくが興味のあったのは、沖縄で彼はどのように周りから見られていたかということだった。日本でペルー生まれと言うとたいてい「ハーフかどうか」「血が混ざっているか」という質問をされることはすでに書いた。だが、これはあくまでぼくの経験にすぎないのだが、沖縄では「ああ、親戚の誰かがペルー行ってたなあ」みたいに言われたことが何度かあって、さすがたくさんの人が移民した県だけあって南米移民についての理解が深いというか、ある程度あたりまえのこととして捉えられているんだ、という印象を持っていた。ただし、ぼくは沖縄に住んだことはないし、沖縄の若い人としゃべった経験もさほどなかったので、沖縄の若者たちがどういうふうに直也さんに接したのか知りたいと思った。

「いや、沖縄もいっしょだよ。学生たちはほとんどわかってなかった。移民どうのこうのっていうのをわかる人はほとんどいなかった。『ボリビアから来ました安里です』って言っても、『はあ』みたいな感じだった。だから、こっちはずっと沖縄に憧れを持って思いを馳せてたのに、沖縄に来たらおれたちのことなんて知らないんだって思った」と、直也さんはけっして愚痴っぽくはならず、時折笑いながら話してくれた。

ぼくは逆にぐずぐずした気分になってきてしまった。というのも先述の通り、自分の勝手な思い込みでは、沖縄の人たちは若者であっても親戚のなかに移民した人がいたり、そういう話を聞いたことがあったりというのがあたりまえで身近な話なんだと期待していたからだ。ぼくが直也さんに質問をしたのも、その期待通りの体験が聞けるはずだと信じたからだった。

ぼくはぐずついた気分の勢いのまま、自分がペルー生まれであることから生じている、もろもろの面倒くささのこと、「ハーフ」という考え方は半分は日本人だけど半分は日本人と認めてもらっていないような気がするとかそういう話をした。

直也さんは、沖縄で使われるアクセントの日本語で、こちらの質問をしっかり嚙み砕いてからしゃべるという感じで受け答えをしてくれた。

「たしかに、みんな『ハーフ？』ってよく言うよなあ。おれはいままでちゃんと説明してた。面倒くさかったけど。でも自分なんかまだいいと思う。自分が行った研修は毎年あるやつなんだけど、ボリビアだけじゃなくてほかの南米の国でも、沖縄の子弟(出身者)だったら応募できるもので、ブラジル、ペルー、アルゼンチン、アメリカとかいろんな国の人たちがいっしょになったんだけど、ブラジルとかペルーとか、ほとんどが日本語はしゃべれないっていう同世代が多かったから、その人たちはもっとかわいそうだった。『見た目は日本人なのに、なんで日本語しゃべんないの?』とか、『ハーフじゃないんでしょ?』みたいな」

直也さんがここで言うところのブラジル人、ペルー人は、おそらくは四世五世などの、沖縄系日系人のことを指す。ハーフかどうかというのは、日本人が日本という国にしかいない、という前提で導かれる質問のように感じる。だから、違う背景を持つ日系人を日本人と見ることができない。

「訛りのことも自分でも自覚してるんだけど、ガッツリ沖縄の訛りだから、沖縄行って、紹介してもらってしゃべりだしたら、『あ、沖縄のそこらへんにいそう』って言われる。いやいや、だって沖縄の人だもん、みたいな。あとは、『沖縄にいてもわからないよ』とか」

これは知らず知らずのうちに、ぼくもやっていたことだと思う。日系移住地で出会った人に、「日本にいる人と変わらないですね」と言ったことがあるはずだ。そして、見た目が

「日本人ぽくない」ネイティブの日本語を話す人に、「日本語うまいですね」とかも。褒めているつもりだが、本当に褒めていることになるのだろうか。

「ボリビアとか海外に住む沖縄の人たちは、沖縄のことを強く想ってるから。それは沖縄に住む沖縄の人たちより強いんじゃないかな。たとえば、沖縄の人たちより三線が弾けたり、ウチナーグチをもっとできたりとか。文化に対して興味が強いから。南米にいる沖縄出身者のなかで日本語を流暢に話すのって、ボリビア（つまりオキナワ移住地）だけだと思う。だから自分は、そういう意味で自信を持って沖縄に行ったんだけど、でも、たとえば同じ研修生のブラジルの子は、三線とか民謡とか、すごいできるの。アルゼンチンにもそういう子いた。そういう面ではボリビアは遅れてんなあって思った。日本語の自信はあったけど、伝統芸能的なものとか、文化を継承していこうっていう動きはほかの（南米の）国は進んでんだなあって思ったよ。若者がそういう沖縄の文化を受け継いでいかなきゃっていう意識に関しては、そういう（ブラジルやペルー、アルゼンチンなど、日本語を『流暢に』しゃべらない）国のほうが強いかもって思った」

ペルー、ブラジル、アルゼンチン、ボリビアに住む日系人のなかで、沖縄出身者が占める割合は高い。ブラジルは一〇パーセント、ほかの国々は六〇～七〇パーセントと言われている。ただ、沖縄系の人だけが住む移住地は、ここオキナワ移住地だけである。サンフアン移住地やパラグアイの移住地のように、ここでは言葉がしっかりと受け継がれている。「オキナワ移住地も、昔に比べてどんどん現地化していってると思う。おれらの世代ですら、後輩たちが日本語しゃべれなくなっていってるのを見て、『ああ、こうなっていくのかあ』って思う。自分たちがまだ、そういう伝統芸能とかにそこまで興味示さないのも、やってないのも、いま日本語ができてて、周りで誰かやってるから大丈夫、みたいな余裕があるからなんだろうなって。でも、たとえばブラジルとか同じ世代でも、四世、五世だけど、この世代の上でもういったん、日本語も伝統芸能もブラジルではなくなったから、いまからがんばるぞっていう段階に入ってるんだなって思った」

直也さんの話に、ラパス移住地の安藤さんの言っていたことが思い出される。そのしゃべり口からは、ある種の達観した思いが垣間見えたようにも感じた。

「おれらの世代ってさ、たまにここの日本語学校に呼ばれて、ようこそ先輩みたいな感じで、それで子どもたちのために日本語をしゃべることの重要性を話してくださいってお願いされることがあるんだけどさ、自分たちにとっては日本語をしゃべることはあたりまえだからそんなこと思わなかったんだけど、子どもたちから『しゃべれるとなにがいいの?』って聞かれるとなにがいいんだろうってめっちゃ困るわけ。なにがいいんだろう、って明確な理由が見つからないっていう。『ボリビアに住んでて、日本語しゃべれる必要があるの?』って聞かれたら、とくに得するような理由ないなあってなっちゃう」

日本でも、国内にいる限り英語わからなくてもべつに困らないじゃん、という意見を聞くことはある。海外からの観光客が増え、街なかで英語やいろいろな言語を聞くようになっても、自分たちの生活にとってはさほど問題ではないような気がする。就職に有利とか、海外旅行に行ったときにいいとか、英語をしゃべれたら格好いいとか? そんな程度かもしれない。外国人の友だちができなくたって、外国のニュースがわからなくたって、自分たちの生活には影響があるように思えない。そう言う人たちになにを言えるのだろう。

もちろん移住者とその子孫に日本語が残っていくことは、連帯感とか伝統とか日本人としての意識とか、そういうもののためにも重要で、日本で「外国語」である英語の必要性をどう考えるかということとは別次元のものだと思う。けれども、そのいっぽうで、ブラジルやペルーなどのように、日本語がどんどん継承されなくなっている土地で日本文化が保存され、さらには独自の仕方で発展を遂げているさまを見ると、移住地の子どもたちが日本語をしゃべる必要性を感じないというのは、「日本人なんだから英語しゃべれなくてもいいじゃん」という考えとそう遠くないところにあるのかもしれない。文化の継承に日本語はかならずしも必要とされていない。現在のところ、移住地においては親や祖父母など上の世代との会話で、日本語が使えないとなると不便もありそうだが、世代を重ねるごとにその問題もすこしずつ薄くなっていく。だから、直也さんの達観した、つまりけっして熱くもなく絶望的でもないようなしゃべり方は、当然のことというふうにも感じられた。そういえばパラグアイのラパス移住地で安藤さんが同様の話題をしゃべったときにも、同じような印象を受けた。あきらめというか、時の流れには抗えないという気持ちがあるように感じられた。そういう話を聞いていてぼくも、じゃあなんとかしようよ！ みたいな気持ちになることはなかった。使わなくても生活に困らない言語に固執するのは、それぞれのモチベーションというか、相応の理由が必要で、たとえばぼくにとってのスペイン語は、自分の生まれた土地の言葉だからしゃべりたいという気持ちで勉強したものだったが、強制されてまでやりたいものではなかった。

「うちは（沖縄本島の）金武町《きん》出身なんだけど、毎年二名ずつ、沖縄の金武町から、ブラジル、アルゼンチン、ペルー、ボリビア、ロサンゼルスと回って、沖縄に帰っていくっていうルートで、金武町出身者のところをめぐるっていう研修があるのね。だから、彼らがボリビアに来たときはうちらもかならず受け入れるんだけど、その人たちは、ほかのとこ回ってきてるから、比較するのね、ほかの国とここを。で、なんかボリビアの人たちは日本人っぽいって。どういう意味かというと、人見知りなんだって。なんか輪に入りにくいみたいなことを言うわけ。ブラジルとか、アルゼンチンとかだと、すごいフレンドリーに

『こっちおいでよー』とかなんとかってオープンだったけど、ボリビアでは、ちょっと時間が経つか酒が入らないと、交流しにくいところがあるっていうのが、日本人っぽいよね、って言われたことが何回かある。たしかにブラジル、アルゼンチンだとおれらと同世代でも四世、五世になってて、言い方悪いかもしれないけどけっこう現地化してきてるから、オープンな人柄になってきてるのかなって思った。つまり（まだ三世の）自分たちは『まだ日本人なんだなー』って思ったり」

そんな直也さんだが、日本に行ったときには、日本人たちは距離を置いてくるな、という感覚を持ったそうだ。もちろん日本人にもいろいろいるから、そういうステレオタイプな見方で物事を判断するのはあまりよいことではないが、傾向としてそう感じたのは事実なんだろうし、ぼくも自分にそういう側面があることを認める。というか、日本語で話すより英語やスペイン語で話すときのほうが、赤の他人だろうとあまり臆さずに話しかけることができるから、この文脈で言われている「日本人」というのは、日本語という言語のことを指すんじゃないか。悟さんの話ででてきたパーソナルスペースのことにもつながる話だ。敬語の多さは相手との関係性を明確にするものでもあるし、主語を取るとか使い分けるとかというのも、内と外を分けるものとして機能しやすいので、だから内に入るまでに時間がかかるのかもしれない。

ところで、直也さんはふだん父親のファウストさんの畑を手伝っているそうだ。将来的には、畑を継ぐつもりでいるらしい。直也さん曰く、直也さんの親世代は農業を苦労してやってきて、子どもたちを大学まで行かせて好きな勉強をさせ、好きな仕事をやらせたいと考えていた。その理由はさまざまだろうが、日本からひと旗あげようという夢を持って南米にやってきた世代が、その子どもや孫に最大限の教育を受けさせようとするエピソードは、ここオキナワ移住地だけでなく、ほかの日系移民の話のなかでもよく聞いたし、うちの曽祖父母も祖父に対して、祖父母も父親や叔父に対してそうだった。あとの世代のためにそのときを一生懸命生きた人たちのことを思うと、ただただ脱帽する。

直也さんは大学では農業とはべつの勉強をしていたそうだが、どうして畑を継ぐことに決めたのか、その理由を聞くと、苦労した世代を親に持つ直也さんたちの世代が、そのことをしっかりと受け止めていると感じたのだった。

「自分たちからすると、こんなバカでかい畑があって、これは自分たちが引き継がなきゃいけないって思う。べつに自分たちが勉強したものをやりたくないわけじゃないけど、こんなにでかいものはいまからやっておかないといざ引き継ぐときにどうにもならないだろう、みたいな危機感がある。規模が大きすぎて扱う金額も大きすぎて、博打みたいなもんだからさ、畑って。一年や二年じゃすべて覚え切れるようなもんじゃないって思ってしまう」

そういうわけで、翌日に畑を見せてもらうことになった。

直也さんの運転するピックアップトラックで、街の中心部から車で二〇分くらい離れたところにある畑へ向かった。途中、伸びていた髪を切りたいと言ったところ、理髪店があるからと連れて行ってくれた。広大な大地のなかにぽつんとある家で、ここに住む四〇代くらいの女性が髪を切ってくれた。日本でも理容師をやっていたことがあるとか。玄関を入るとそれっぽい空間があった。周りのテーブルには日本の雑誌やおもちゃなんかが置いてあったと記憶している。直也さんもここで髪を切るらしく、女性と近況を報告しあっていた。

外国に住んで困ることのひとつといえば、髪を切ることだ。ぼくの経験では、どこをどう切ってほしいなど、散髪に関する単語や言い回しを覚えることは簡単ではない。そういう細かいことが伝えられないので、いったいどんな髪型にされてしまうのかいつもドキドキしながら、外国で髪を切っている。余談だが、最近はむしろ、そのコミュニケーションのできなさを逆手にとって、あえて外国に行くタイミングで散髪をすることにしている。自分の希望通りになることは最初から期待せず、その理容師もしくは美容師のやり方、センスに身を任せる。髪型は時代のみならず、地域でそのトレンドやクセがあるものだ。ぼくが自分の髪の毛にさほどこだわりがないというのもあるだろうが、その土地の傾向をつかみ、現地の雰囲気を深く知るために髪を切ってもらうことは有効な気がして、そしていったいどんなふうにされてしまうのだろうかという緊張感も楽しく、さらには待合室の雰囲気も国や土地によってさまざまで、その違いを知るのも一興とばかり、機会があればそうすることにしている。ちなみに壊滅的にやばい髪型にされたことはいまのところない。

オキナワ移住地に細かいところまで要望を聞いてくれるお店があることは、考えてみればわかることだったが、けっこうな驚きだった。ひさしぶりにリラックスして相手のハサミに自分の髪を委ねた。

無事に散髪を済ませ、やがて着いた畑は想像以上に大きかった。「ここがうちの畑」と言われても、どこまでがそうなのかよくわからなかった。遠くのほうで煙が上がっていて、それはべつの家の畑で、サトウキビの収穫後にその畑を焼いて二期目に備えているものだそうだ。直也さんのところのサトウキビはぼくの背の二倍以上の草丈があり、沖縄のサトウキビ畑もこんなスケールなのかはわからないが、とにかくすべてが大きかった。道の反対側には、収穫を終えて根だけが残ったサトウキビ畑が地平線の向こうまで続いていて、それを巨大な農機を使って数人で管理しているという。サンファン移住地でもSさんに畑を見せてもらったが、機械の大きさには舌を巻いたものだった。ボリビアの移住地では、畑面積は数百から、大きいところでは一〇〇〇ヘクタールに及ぶという。日本の農家の平均耕作面積が二ヘクタールというから、それだけでも規模の大きさはわかる。というか、逆に想像がつかない。

沖縄だろうが、本州や九州だろうが、到底所有するのがかなわないような規模の畑を移住者たちは獲得してきた。それを思うと誇らしい気持ちになる。同時に、ボリビアに限らずではあるが、こうやって移住者たちに門戸を開いているという、この国の懐の広さに改めて驚嘆した。移住者を受け入れたこれらの国々の人々とのあいだには、いろいろな軋轢も生まれてきたのだと思うが、実際にその土地を見てしまうと、これが誰かのものだなんていう考えも及ばないような広さがある。移住者たちに土地は与えられたのではなく、それを管理する権利が与えられた、と考えることもできるのではないかと思った。

ところで、サンファン移住地とオキナワ移住地という、ボリビア全体で言えばほぼ同地域に二種類の移住地（オキナワ移住地は三つの区画があるのだが、ここではひとつと見なす）があるが、直也さん曰く「いいライバル関係」だそうだ。ふだんそこまで交流があるわけではないが、おたがいの青年会が農業の情報を交換したり、それからオキナワ移住地はサンファン移住地という「日系」移住地があるおかげで、自分たちの沖縄性みたいなものを意識していられるのかも、と言っていたのが印象的だった。

飲み会にて

集会所の古い建物に入ると、すぐに広いスペースになっていて、正面には年季の入ったスピーカーが置かれていた。部屋の右側に卓球台があり、その上には飲みかけのコーラや空のビール缶などが散乱していた。この集会所の周りには家はなく、メインストリートからも外れ、奥まったところにあるので、よくここでオキナワ第一の青年会のみんなが集まって飲み会を開いているという。

この日は直也さんの声がけで、若者たちがわざわざ集まってくれることになった。スペース奥のカウンターには、ビールがいくらとかソーダがいくらとかがスペイン語で書かれていて、お祭りかなにかのときには販売もされているようだったが、場所の散らかり具合から最近はこうやって仲間内で集まって飲む以外の利用をしていないのだろう。いつも卓球台をテーブルがわりにしていると言って、直也さんは卓上をきれいに片付けていた。

そんなふうに会場を観察していると、沖縄らしい名字を持つ若者たちがバラバラと集まってきた。今日はぼくと直也さんを入れて総勢一二人の飲み会。悟さんも参加してくれた。ぼくはいつものように、自分がなぜオキナワ移住地にやってきたのかを手短に説明した。みんな口々に「汚いでしょ」とか「いつもここで飲んでるんだ。ここなら夜遅くまで騒いでも大丈夫だから」とか言っていた。ぼくよりひと回りくらい若い二〇代の人たちだった。

いつも通りに飲んでねと言いながら、おもむろにレコーダーを取り出すと、「えーなにしゃべっていいかわかんないな」とか「緊張するな」とかいう反応が返ってきたので、レコーダーをいったん止め、とりあえず飲みに徹することにした。かといって隠れて録音するわけにもいかないので、卓球台の上にレコーダーなんとなく置いて、徐々にその存在を気にしなくなってくれればいいと思っていた。

それぞれが飲みものや食べものを持ち寄っての飲み会。ぼくは直也さんと近くの売店に行き、赤ワインを買ってきた。チリワインだったと思うが、ボリビアで買うチリワインは日本で売っているチリワインよりも割高だったのが意外だった。ほかにはビール、それからチキンとバターライス、ポテトチップスなどのつまみ。よくある若者の飲み会という雰囲気だった。大半の人は農業をしているという。東京ドーム何個くらいの畑なの？と冗談交じりに聞いてみると、大きい人は一〇〇個じゃ済まないかなと言っていた。

そういう、大きな畑を所有し手広くやっているという話を聞くと気になることがあった。でも、ぼくは彼らにそれを聞くことができなかった。それはなにかというと、彼らがオキナワに住む非オキナワ系のボリビア人たちのことをどう考えているのかということだった。彼ら沖縄系住民とボリビア系住民とのあいだには大きな隔たりがあると、ぼくは短い滞在のなかで感じていたから。

直也さんの畑を見せてもらった日の帰り、雇っているボリビア人の男性をふたり乗せ、ピックアップトラックでぼくたちは町に戻った。

現在オキナワの人口の九割は、沖縄にルーツを持たないボリビア人である。彼らは仕事を求めてこの町にやってきて、そのままオキナワに住んでいる。この人口比は、たとえばパラグアイのイグアス移住地もそのくらいである。

直也さんによると、このふたりは車を持っていないので、毎日直也さんがこうして畑まで送り迎えをしているそうだ。オキナワ第一には一本だけ舗装された道路が通っていて、そこがいわゆるメインストリートになっているわけだが、この道を挟んで直也さんの家やほかの移住者の家があるエリアとは反対側に、そういう労働者たちの家があった。そこにピックアップトラックは入っていった。反対側と比べるまでもなく、密集する家々は小さく、どれもくたびれていた。彼らの宗教に関するものなのかよくわからないが、それぞれの家の前には白い旗のようなものが立ててあり、道は狭い気がした。もし散歩している途中でこのエリアに入ったら、治安が悪いところに来たと思うような雰囲気だった。

思えば、いくつかの移住地でぼくが知り合ったのは移住者の方々ばかりで、そこに住む「非日系人」の人たちと関わることはなかった。彼らは日本語を話さないし、自分は日系のイベントや施設ばかり見ていたのだから当然といえば当然だった。そういうわけで、このオキナワ第一の、道を挟んではっきりと横たわる格差がここ特有のものかどうか、本当のところはわからない。ぼくが感じた隔たりというのは、そのまま、訪問者であるぼくが持つ隔たりのことでもあるとも言えた。

このことは直也さんやこの夜集まってくれた若者たちを非難する意図があるものではないことに、念のため触れておきたいと思う。何度か書いてきたように移住者たちは過酷な環境を生き抜き、その結果として成功を収めた人たちである。それは誇りに思うべきだし、立派な家々に住むことも当然の権利である。いっぽう労働者たちが自主的に集まってきたのだとすれば、彼らの生活ぶりをほんのすこし見ただけで、それを「格差」としてしまうのは、けっきょくのところぼくの傲慢さにすぎない気もする。

話はさらに横道に逸れるが、直也さんは移住地にある学校にも連れて行ってくれた。そこでは午前にいわゆるふつうの授業をやり、午後は日本語を勉強する。そしていまや日本語を勉強する子どもたちの多くは、非日系のボリビア人の子どもたちなのだという。オキナワ移住地に住む上で、親たちは子どもには日本語を学ばせる必要を感じているらしい。直也さんが日系の子どもたちに聞かれた「ボリビアで日本語を勉強する意味あるの?」という質問とは対照的に、移住地に住む非日系ボリビア人たちが日本語の必要性を感じているのは興味深い。

これは、日系人と非日系ボリビア人とのあいだに「隔たり」があったと仮定したうえでの話だが、それを崩していくのは子どもたちではないだろうか。職業の違いではっきりと二分されていた町が、子どもたちを介してコミュニケーションを始めた、という話を日本でも聞いたことがあるし、文字通り言語を学ぶことはコミュニケーションを学ぶことである。と、そこまで考えてから、そもそもあるかもわからない隔たりを外野が規定することはかなり乱暴なことだから仮の話に仮定を加えてもしかたないのでもうやめることにする。だが、少なくとも沖縄文化の継承においては、今後沖縄系か否かという線引きはナンセンスになっていくと思う。たとえばペルーの沖縄祭りで見たエイサーを、さまざまな人種がやっていたように。日本文化も日系人だけが継承するものに収まらないはずだ。

若者の飲み会の片隅でワインを飲んでいると、青年会の会長だという男の子がけっこう飲んだのか顔をやや赤らめながら、ぼくに聞いた。

「たまに日本人のバックパッカーが（オキナワに）来るんだけど、なんで来るの？」

その口調からして、彼はあまりその訪問をよく思っていないんだなということがわかったので、ぼくは質問には答えずに彼の話をさらに聞くことにした。

「ヒゲも伸びっぱなしの旅行者が無言で立ってるんだよ。警戒するでしょ。どうやら、こっちから話しかけるのを待ってる。でも、なんでそんなことしないといけないの？　おれらはふつうに生活してるだけで、ここは観光地でもないし、見るものなんてないし、そんなとこに勝手に来て、なんでおれらから話しかけてくるのを待ってるのか理解できない。それに、なんでここに来れば、家に泊めてもらえると思ってるの？」

……おっしゃる通りである。耳が痛い。ヒゲを伸びっぱなしにしている以外ぼくもほぼ当てはまっている。

日本に住むものからすると、彼らが住む移住地の存在やそこでの生活を興味深いと思う。地球の反対側で、日本とはちょっと違う、あるいはちょっと懐かしい、でもかなり通じるところのある生活を送る彼らのことに気づけば、興味を持たざるをえない。だが、それは彼らのことを日本人の枠組みで見ているからなのだろうか。日本国内では、見知らぬ土地に行って話しかけられるのを待つことも、ぼくで言えば沖縄で誰か知らない人の家に泊めてもらうことを期待するなんて考えもしないのに、なぜここではそうしようと思ってしまったのか。彼が言うように、彼らはふつうに生活をしており、それが見世物のようにされてしまうのが嫌だというのはもっともだ。

周りの仲間たちは、すこし興奮した様子の彼をなだめながら、いろいろな意見を聞かせてくれた。来たいなら来ればいいという意見もあったし、興味を持ってくれるのはうれしいと言う人もいた。直也さんは「親父がしょっちゅう旅行者拾ってくるからなあ。おれは気にしてない」と言っていた。

それから「若い女の旅行者はたくさん来てほしい」と笑いながら言う人もいて、何人かがそれに同調していた。それはどうも冗談ではないらしい。というのも、オキナワ移住地は第一、第二、第三とあるものの、やはり沖縄系の若者の数は限られている。男たちは畑をやっていることが多いから、そこに嫁いでくれる女性と知り合う機会が増えることを切望しているのだった。逆に女性たちは外に出て行くケースが多いらしい。この飲み会に参加していた唯一の女性は沖縄県の出身で、日本語学校の教師として来ていたときにここの男性と知り合い、結婚して移住したらしい。

この日は二時くらいまで飲んで帰った。とにもかくにも遅くまで話を聞かせてくれた彼らに、そしてなにより直也さんとファウストさんに感謝している。彼らが日本に来るときには、うちの家の広さでは泊めることができそうにないから、せめて酒をおごりたい。

ボリビア大移動

オキナワ移住地を後にし、一度サンタクルスまで戻って、日ボ連合会の事務局で預かってもらっていた荷物をピックアップした。サンタクルスの土埃が事務局の部屋のなかまで侵入していて、ぼくのバッグはすこし茶色くなっていた。

次の日の夜日ボ連合会の佐藤さんといっしょにサンタクルスのバスターミナルまでタクシーで向かった。そこはかなり大きなターミナルだった。周辺には雑誌やら雑貨やらを売る店が並び、ただし雰囲気はそんなによくない感じで、ブエノスアイレスのバスターミナルを思い出した。大荷物で移動する人が集まる駅やバスターミナルではぼくはいつも警戒するが、今回はひとりではないのでわりと気楽な心持ちでいた。ターミナル内にある食堂のひとつで、ぼくたちは夕食を済ますことにした。コンクリート造りのターミナル内は閑散としていて、食堂やタバコや飲みもの、お菓子などを売る売店、それから記憶が混じっていなければおもちゃ屋があったはずである。

バスの出発時間である午後八時がせまってきたので、プラットフォームまで向かう。ターミナルから外のプラットフォームエリアに入るのに、五〇センターボ（＝六〜七円）を払った。センターボはいわゆるセントのことで、一〇〇センターボが基本通貨である一ボリビアーノとなる。ボリビアーノとは「ボリビアの」という意味だが、これは「ボリビアのペソ」の「ペソ」の部分が省略されたもので、実際にはペソという言い方もふつうにしている。[註6]

外のプラットフォームといっても建物のひさしの下のスペースを利用していて、バスが停車するところは駐車場というほうがイメージは近いかもしれない。各駐車位置の向かいの壁に番号が貼られているだけで、大勢の乗客たちが所狭しとバスを待っていた。ベンチもあったはずだがあったとしてもすでに埋まっていて、ぼくは路上販売の女性から水を買って、しばらく端のほうで待っていると、やがてバスがやってきた。バスから降りてきた運転手が切符の確認を始めた。こういうときには、たいていＩＤ（外国人はパスポート）の提示を求められるものだが、このときどうだったのか忘れてしまった。

荷物を預け、切符を見せてバスに乗り込んだ。外見からバスは新しいと思ったが、座席のクッションの廃れ具合からしてわりと古い車体のようだった。車内は三列シートで左側に二席、通路を挟んで右側の一席のほうにぼくは座り、佐藤さんはぼくの後ろの席だった。

ひと通り乗客が乗り終えると、出発を待つ車内にもの売りたちが入れ代わり立ち代わりやってきて、商品の説明を元気にしてから、車内後方まで行ってまた戻り、次のバスに向かって行くというのをくり返した。三〇歳前後の男が商品も持たずにやってきて話し出したので、ぼくはバスのスタッフだと思い、彼の話を聞いていた。が、いかんせん彼のスペイン語がぜんぜん聞き取れなかったので、まあスタッフがアナウンスすることなどどこも似たり寄ったりだから、と聞き流しているところにひとりの老婆が勢いよくバスに乗ってきた。彼の脇の下をすり抜け、彼がそれを注意しようとしたその瞬間に、老婆はぼくの座席の横を過ぎ、バスの中心で歌を歌い出したのだった。

彼女の声はとても高く、音程のおぼつかなさも、その高さと大きさでカバーするというものだった。ぼくの席からは、むしろ戸惑う男の様子がよく見えた。彼はいったん話すのを止め、やれやれという感じを前面に出し、老婆の歌が終わるのを待っていた。

車内にはしばらく老婆の、顔をしかめて歌う切ない声が響いた。サビが終わり、ようや

6 南米ではコロンビア、チリ、アルゼンチン、ウルグアイの通貨はそれぞれペソで、ペルーはソル、パラグアイはグアラニー、ベネズエラではボリバル（二〇一八年からボリバル・ソベラノとなった。取材時はボリバル・フエルテ）、ブラジルではレアルとなっていて、エクアドルでは米ドルを使用している。

く男のほうが自分の番だと気合を入れなおそうとしたところ、老婆の二番が始まった。男はたまらず声を上げ、老婆の歌を無理やり止めた。老婆はそれでも歌うのをやめようとせず、男はまた歌をさえぎり、そうしてふたりのあいだで口論が始まった。「おばあさん、おれのほうが先に来たんだから先に話をさせてくれ」「歌を邪魔するな」「ルールを守れ」「おまえは年寄りを敬う気持ちがないのか」という具合。しばらく乗客たちは無言でそれを見ていたが、後方から四〇代くらいの男が「お年寄りに対して失礼だろ！」という声を上げ、今度は男同士の口論が始まった。

老婆はというと、男たちの口論に我関せずという感じで、すぐ近くの席に座っていた少女からすばやくチップをもらうと、乗り込んできたときと同じように男の横をくぐり抜け、さっさとバスを降りていった。残された男はあくまで平静を保つような口調で、「みなさんお騒がせしてすみません。おい、おまえバスを降りて話をしようじゃないか。降りろ」と言ったが、四〇代の男がそれに取り合わないのを見て、バツが悪そうに降りて行った。すこししてバスは出発した。

朝四時ごろ、バスは目的地であるトリニダに予定通り着いた。この街も日系人の子孫が暮らしているらしいが、今回はまず、ここからルレナバケというアマゾンへの入口として近年リゾート化しつつあるという街に向かう。そこで開かれる日本文化祭を見たあと、さらにアマゾン奥地にあるリベラルタを目指すのである。そこは初期の日系ペルー移民たちが、農園からの逃走ののち上陸した痕跡が残る街だということだ。

五時半くらいに、乗合タクシーに乗って次のポイントに向かうことになった。トリニダのターミナルはサンタクルスとは打って変わってなんだか手作り感満載だった。いくつかのバス会社がカウンターを出していたが、看板がすべて手書きで、早朝のためどこもスタッフはいなかった。屋根はいまにも落ちてきそうなくらいの低さで、照明も薄暗く、構内と外の境目は曖昧だった。ターミナル周辺にはバスを降りた人がぼくたちのように乗合タクシーを待っていたり、車に乗り込んで家に帰ろうとしていたり、静かに朝を待っているような雰囲気だった。それでもすでにいくつかの屋台が出ていて、ぼくたちはそこでスープを飲んだ。

乗合タクシーは運転手を含めて五人乗りの、極めてふつうのタクシーで、ラゲッジスペースと屋根の上に客たちの荷物を載せ、出発した。助手席にボリビア人らしい男、後部座席は左からぼく、真ん中に佐藤さん、右にオーバーオールを着たヨーロッパ系の男が座った。朝から陽気な運転手はラジオをつけ、おもに助手席の男性と談笑していた。ラジオからはテンションの高い声が鳴り、まだ眠りたいぼくを悩ませたし、後方三人乗りの座席は男が三人並ぶと狭くてつらかったが、一番つらいのは真ん中に座る佐藤さんのはずで、でも佐藤さんは前のふたりの会話に参加していてすごかった。

一時間半くらい走っただろうか。車は止まり、運転手はぼくたちをいったん降ろした。何事かと思ったら、ここで道が終わっていて、アマゾン川の支流にぶつかっている。川を渡るのに船を待たないといけないのだそうだ。何台かのトラックや車がこの道の終わりにたまり、地面の舗装もいつのまにかなくなっていて、ぬかるんでいた。

夜行バスでそれほど寝付けなかったので、この待ち時間はかなり苦痛だった。ほかの四人は元気そうに見えた。それにしても、同乗している彼のようにオーバーオールを着たヨーロッパ系男性を、サンタクルスのKENラーメンを食べに行ったときや、そのほかの場所でもときおり見かけたのだった。佐藤さんによると、彼らはメノナイト(メノニータ)という、現在のドイツ、オランダに起源を持つ、一六世紀前半のヨーロッパにおける宗教改革のなかで誕生したキリスト教再洗礼派の一派だそうだ。再洗礼派は幼児洗礼を否定し、聖書の教えを理解した上で自らの意思で洗礼を受けるべきだと主張した。それは当時の国家教会を否定する考え方であり、各地で激しい迫害に遭い、逃走してきたのだという。彼らはバルト海沿岸からウクライナへ移動し、ウクライナからカナダ、アメリカ大陸に入ってきた人たちらしい。

ドイツ本国はもちろん、各地のほかの人々や、現代文明的なものから距離を置き、独自の規律を持って暮らしているそうだ。コロニア（コミュニティ）内ではいまも低地ドイツ語が話され、大半のコロニアでは電話ですら使っていないそうである。ヨーロッパからの移民者がなかなか定着しなかったパラグアイやボリビアでは、国の教育カリキュラムからの独立やいかなる状況下でも徴兵制を免除するという保証をし、彼らを積極的に誘致したそうである。そんな環境で生きているはずの人たちがどうしてラーメン屋に来ていたのか、あるいはぼくたちと同じタクシーに乗ってどこに向かっているのか、実際に話を聞いてみようと思ったが、あいさつすら満足にしていない彼にそれを聞くのには、ぼくはシャイ過ぎた。

六時間ほど経過して、すでに日は高くなり、車内の空調は全開であったものの日差しが痛いくらいに入り込んできた。気温は三五度くらいまで達していたと思う。未舗装の国道を土埃を巻き上げながら走り、乗合タクシーは目的地についた。

ここで昼食を食べて、さらに次のバスに乗ってルレナバケを目指す。

妙なところだった。なにもないだだっ広い駐車場のスペースに二軒ほど青空食堂のようなものが開いていて、ボリビアらしいスープや米料理などをみんな食べていた。周りには集落も見えなかった。半分砂漠のような、半分草原のような景色のなかにぽつんと浮かぶこの中継地点は、まさにオアシスという感じで、ぼくは水を買ってパンを食べた。

そんな折、サンパウロでエドゥアルドに出演を依頼した例の演劇作品のことで、日本から連絡を受けた。この時点で、エドゥアルドに加え、アルゼンチンから三人の出演者を連れていくことが決まっていたが、出演者のひとりが出演条件のことでぼくと直接話をしたいと言って聞かない、ということだった。さっそくその俳優にメッセージを送ると、すぐに返信が来て、日本の食事はいくらくらいするのかと言うので、うどんとか牛丼とか安いものもいくらでもあるよと返すと、ファストフードは健康に良くないから食べたくない、オーガニックな食事は高いんじゃないかと気にしていると言う。オーガニックレストランの事情は知らないけど自炊をしたらいいよ、と返事した。アマゾンの森の近くで、炎天下の土にまみれ、背を丸めて影を作ってスマホの小さい画面をいじり、うどんがどうとか言っていると、変な気持ちになった。

わりとすぐにバスが来て、それに乗ってルレナバケに向かった。メノナイトの男性は見当たらなくなっていた。

ルレナバケの日本祭り

「ルレナバケ」はラ音が続いて発音しづらい。表記はRurrenabaqueで、よくRurreと呼ばれているようだが、発音のしづらさはどのみち変わらない。現地の人にとってはどうなんだろう。この地名を何度もぶつぶつつくり返して覚えたが、それでも舌が気持ちよく動かないのだった。

一時間ほど走り、昼下がりにバスが着いたのは、住宅街の一角にぽっかりと空いた、土の地面のただの空き地だった。荷物を回収すると、佐藤さんは近くのホテルに行くと言って向かっていった。ぼくは川沿いの割安なゲストハウスを予約していた。

ルレナバケにはラパスの北を源流とするベニ川が町を二分するように流れている。ベニ川を北に下っていくと、この旅最後の目的地リベラルタで、マドレ・デ・ディオス川と合流し、それは最終的にアマゾン川へそそぐ。ルレナバケもリベラルタも、ベニ川(リベラルタの北はマドレ・デ・ディオス川)を県境にしたボリビア北東部のベニ県に属している。

なお、今回通り過ぎたトリニダはベニ県の行政府所在地。トリニダはベニ県の中央に、ルレナバケは西、リベラルタは北に位置している。道路が整備される前までは、ルレナバケからリベラルタまでは川を船で移動していたそうだ。

スマホの地図を頼りに歩いていると、この街はそこまで大きいわけではないことがわかった。土っぽい道はすぐに舗装された道に変わり、中心部にやってくると車やバイクが何台か続いて走っていた。メインストリートらしい道の真ん中には木が並び、道の両側にはレストランやおみやげ屋、ツアー案内の店などがいくつかあって、こぢんまりとした観光地という趣だった。荷物の重さに日差しの強さが加わって、汗はじわじわとやってきた。

宿にチェックインする前に、ここルレナバケで開催される日本祭りの会場となるカフェで、小川弘樹《こうき》さんという人と会うことになっていた。彼はぼくより六歳若い日本出身の男性で、ボリビアには四年住んでいるらしい。リベラルタに行くと言ったとき、サンファン移住地の若者たちがつないでくれたのだった。彼は現在リベラルタに住み、飲食ビジネスをやっていて、それ以前はサンファン移住地に住んでいた。今回は日本文化祭を手伝うためにルレナバケに来ているそうである。

観光通りが終わるあたりにそのカフェはあった。小川さんと無事に合流し、この日本文化祭を企画した河田《かわた》菜摘さんとマチルデ・タクシさんとも会った。河田さんはもともとJ

ＩＣＡボランティアとしてルレナバケに派遣された元隊員で、そこで出会った現地の男性と結婚し、ルレナバケに住んでいる。タクシさんはこの地に住む日系人で以前日本でも働いたことがあって、日本語ができるようだった。なお、タクシというのは、沖縄の姓である沢紙（澤紙）のことだと思われる。

この街もリベラルタやトリニダと同様に、ペルーからの転住者だと考えられる日本人たちが移り住んだ町だ。小川さんや河田さんによると、この街に限らず、そういう転住者の子孫たちは自分が日本人の血を引くものという意識はほとんどなく、一般的なボリビア人として生きているという。彼らの先祖である日本人たちは、もともとは出稼ぎ目的の契約移民として単身ペルーへやってきた男性たちで、労働環境の劣悪さからボリビアへ逃れたあと、帰国をあきらめ、現地女性と結婚をしたものも多かった。

このルレナバケがこれまで回ってきた移住地や街と違うのは、ここに暮らしているのは日本人として生きていくことを断念し、現地の人間として生きていく選択をした（せざるをえなかった）人たちの末裔が住むところだということだ。彼らは、現地女性とのあいだに産まれた子どもには日本語を教えず、同じ境遇の男たちで集まって酒を飲むとき以外、日本語を使うことは避けた。家族に故郷の習慣や文化を教えることもなかったそうである。そうやって一世からすでに現地と同化したというのが、転住者たちの特徴と言える。移住地のように「結婚相手も日本（日系）人で」ということがないから、当然世代を経るごとに容姿も現地のボリビア人と変わらないようになっていく。わずかに残った日本っぽいものといえば、名字だけ。もっと言えば、名字もなくなり、当人もまったく自覚をしていないが、何世代か前の先祖が日本人という人は相当数いるはずである。

実際、ルレナバケではそういう日本人の子孫同士のコミュニティというのは、これまでほとんどなかったという。この日本文化祭が開催されることになったのは、日本に住んでいたことのあるタクシさんが、そのような状況をすこしでも変えたいと河田さんに相談したことから始まったそうだ。だが、肝心の子孫たちの大部分は、自らの時間を割いてそのような催しをしようというモチベーションはなく、第一回のこの祭りを支えたのは、彼女たちふたりや小川さんのほか、ラパスなどべつの地域に住む日本人たちだった。その流れで手伝うことになった。

到着の翌々日に開かれたルレナバケの第一回日本文化祭は、巻き寿司と日本式カレーが販売され、書道と着物が紹介された。ぼくはカレー担当で皿にカレーを盛りながら、自分がふだんはぜんぜんやらない書道や着付けなどを見てなんだかなあ、と白々しく考えていた。いったい誰の「日本文化」なのだろうか、どうも自分たちがふだん生活する日本とはかけ離れているのではないか。カレーは食べるけどさ、という具合に。

これはルレナバケに限った話ではなく、これまでいろいろな場所で見たことのあるいくつかの日本に関する催しで、だいたいぼくはこういう違和感を感じていた。日本政府が主導するような催しものといえばたとえば、これら書道や着物のほかに、よくわからないけど伝統的な漆器が並べられ、あとは和太鼓の楽団が招聘されるくらいのオプションがつく、みたいなものだ。あとは漫画とアニメ。

だが、日本に遊びに来た外国人に日本の文化を紹介するとなると、ぼくは迷った挙句、たぶんだが、神社やお寺に連れて行き、寿司を食べさせ、アニメに関するなにかをレクチャーし(できないけど)、あるいは折り紙を折って、温泉に連れて行き、日本酒を飲ませる……という感じになると思う。日本文化の紹介というといつも困ってしまう。個人差はあると思うけれど、紹介しようとする文化と自分たちの生活文化とは、もうだいぶ違ってしまっているのではないか。寿司は好きだけど毎日食べるものではないし、神社とかお寺ってそんなに生活に身近だったっけ？　と考えると、せいぜい初詣やどこか観光に行ったときくらいにしか行かない。温泉はいつでも行きたい。あくまでぼくの場合はだけれど。「日本」を紹介しようとするとき、我々は急に、どこか自分たち以外の、もしくは外国の目を気にしすぎたことによって定義された「日本文化」を移入してしまっているのではないか。それって本当に自分たちの文化を紹介したことになるのだろうか。などと考えた。

もし自分たちの生活を文化と呼ぶのなら、我々が紹介しようとする「文化」とはいつもちょっと違うところにある。生活は毎日すこしずつ変化をして、文化はそのなかで練り上げられ、更新されていく。いつかの段階で、これが我々の文化であると定義したその時点から、またすこしずつギャップが生じていく。このギャップのことをどう考えるのか、そもそもその文化を誰がどういうつもりで決めるのか、ぼくはそういう話を誰ともしてこなかったなと思った。

……しかし、文化の紹介というのは、「歴史」の紹介でもあると考えると、これでいいのだとも思う。問題は、その歴史に自分たちがちゃんと立てているかどうかなのだ。

いやいや、そもそもタクシさんが発起人として始めたお祭りと、日本内部からの日本文化発信を同列に語ろうとしてしまうこと自体が間違っている。なんだかこういう反省ばかりしていないか、ぼくは。すでにない、あるいは最初からなかった文化をそこに出現させて、新たな価値観を作ろうとしているその前にいて、ぼくは古臭く、言葉だけが先回りするだけの役立たずではないか。一見ステレオタイプだからといって、おまえの目の前で起きていることが本当にそれだけにすぎないのか、そのことをもっと考えてみるべきである。

結果的に、ルレナバケの第一回日本文化祭は誰が見ても成功で、巻き寿司は早々に売り切れ、寿司を買えなかった人たちがカレー鍋に殺到し、やがて空になった。大勢の住人や観光客が書道や着物を楽しんで、カフェの二階のスペースでは小さすぎた。それほど興味を持っていなかった「日系人」たちも祭りの成功に気を良くしたようで、何人かが自分も日本の血を引いていることを誇らしげに話しているのを見た。小川さんは、「日本文化祭がお金になるとわかって、急に彼らの態度が変わった」と言っていて、それも本当かもしれないと思った。これを継続していくのに一番重要なことは、経済的なメリットがあって足場が強くなることで、そのことは結果として現地に住む彼らの社会に新しい光を当てることになるのだと、いま思う。

なんだかんだ言ったが、その立ち上げに図らずも参加することができたのは端的に楽しかった。自分は旅行者気分でビールを飲んで、タクシさんや河田さんの家族と話したりプールに入ったりもしていたが、第一回の反省点を真剣に話し合うふたりの様子が印象的だった。二〇一九年にはルレナバケの日本文化祭は第三回目を迎え、タクシさんや河田さんが始めた取り組みは規模が大きくなっているようである。

リベラルタ、旅のおわり

「ぼく、日本の永住権持ってるんですよ。それで、永住権を更新するために、五年ごとに日本に帰ってるんです。今年も、たぶん九月か一〇月に行きますよ」

話はすこし戻るが、オキナワ移住地から戻った日の夜、サンタクルスのバーベキューレストランで、ぼくはホセさんという青年に会って食事をした。彼とは、リベラルタでJICAボランティアをしていた方の紹介で知り合った。ずっとスペイン語でメッセージのやりとりをしていたので、ホセさんはぼくのことをボリビア人かなにかだと思っていたという。

「スペイン語もっとペラペラなのかと思ってましたよ」と日本語で言われたので、ぼくは例によって自分の育ってきた環境などを説明した。「メッセージのやりとりがすごいスムーズなんで、そうなのかと思いました」とホセさんは冗談ぽく言った。

ホセさんの本名は、ホセ・アントニオ・レバン・ベラスコという。ホセ・アントニオが名前で、レバンとベラスコはそれぞれ両親の名字だ。

ホセさんは取材当時二四歳。リベラルタ生まれで、父方の曾祖父が日本人だそうだ。曾祖父の名字は大西で、その娘（祖母）→息子（父親）という経緯で、大西の姓は父親の代で消えたそうである。

「レバン（Leban）ていうのは、スロヴェニアの名字なんですよ。（父方の）おじいちゃんがスロヴェニア人。だから、ヨーロッパのパスポートも持ってます。ヨーロッパにはビザなしでふつうに行けるんですよ。日本は永住権しか持ってないので、五年に一度手続きしに行かないといけないんです」と言いながら、ホセさんは牛肉をナイフで切って口に運んだ。

彼の曾祖父は九州のどこかの小さな島の出身だそうだが、詳しいことはホセさんも知らないという。大西の縁戚は関西にもいて、幼少期に一年、小学二年生のときから中学卒業まで、滋賀県に住んでいた。そのこともあってホセさんの日本語は関西弁である。滋賀県内で進学するつもりだったのが、父親が体調を崩してしまって、生まれ故郷であるリベラルタに帰ってきたそうだ。

「リベラルタはすごい小さい町なんですよ。ぼくが帰ってきたときは、携帯の通話もできなかった。だから日本から戻ってきたときは、いつも日本帰りたいって思ってました。でも、両方の世界というか、両極端の社会を知ってるから、いまぼくはいろいろビジネスをやってるんですけど、ビジネスが簡単だなと思います。この人は真面目だなとか、あ、こいつはダメだなとか。そういうのは両方の世界を体験してるからこそわかる。なので、ボリビアに戻ってきたのはよかったなと思ってます」

ホセさんは、三年前まではリベラルタでYAMAHAのバイクを売る仕事をしていたそうだ。現在はホセさんの彼女が住んでいるコチャバンバという、ラパス、サンタクルスに次ぐボリビア第三の都市に住み、べつのビジネスをやっている。

「いまは彼女の父親の会社を手伝ってて、サンタクルスには出張で来てます。でも、その会社に入ってるわけではないんです。手伝ってるだけで、個人でも仕事をやってます。毎年かならずやるのが、一二月のクリスマスパーティの主催。DJを連れてきて、入場料を取って。あと新年パーティの開催も。それでぼくは大学の学費を稼ぎました」

日本に帰りたいと思っていた彼が、いまや自分のやっていることに裏付けのある自信を持ってしゃべっているのがわかる。そこまでに至るのにどういうプロセスがあったのか気になった。どちらの国でも思春期を過ごし、そのなかで日本語もスペイン語も身につけてきた人にとって、両国の違いは言語にあるわけではなく、友人関係や社会での居心地のよさによるのではないかと思う。そしてホセさんは、日本人とかボリビア人といった区分にこだわらない人だとぼくは感じた。

彼は滋賀の中学では、けっこう「悪かった」らしい。ケンカもしょっちゅうだったとか。「でも、学級委員もやってましたよ、三年間。それから、体育祭の団長。二〇〇人くらいをまとめあげて、優勝したんですよ。外国人団長初の快挙」とホセさんは楽しそうに中学時代の思い出を語る。滋賀で過ごした中学時代は、彼にとってとても思い出深い時期だということだ。部活のサッカー部でも副キャプテンをやっていたらしい。いまも日本に帰ると（といっても、五年に一度ということで前回帰ったのは、一九歳のときのこと）、滋賀の友人たちと遊ぶんだそうだ。

中学卒業後にボリビアに帰ってからは、考え方を変えたとホセさんは言った。

「そうしたら、ものごとがうまくいくようになった」

「考え方を変えるっていうのはどういうふうに？」

「それはうまく言えないんですけど、ボリビアに帰ったこと自体がかな。だってボリビアからだと、なんでも見る角度は変わるじゃないですか。それで日本にいたときの見方も知ってるから、両方ともわかったら、情報の入り方が変わったんです」

ビジネスの話でもそうだが、ホセさんはしきりに両方という言い方をした。つまり、ボリビアのなかだけに住んでいたらなんの疑問も覚えないような慣習だったりやり方だったりに囚われず、そして日本でも同じように、影響されることと影響されないことの取捨選択ができるようになった、ということだと思われる。ふたつの世界を知ることで、自分のいる場所を再認識するということ。つまり客観性を持つということか。ただこのことは、ふたつの世界に両足をつっこんだ人なら誰でも獲得できるものかと言えばそうではないとも思う。さらには自分が属する社会に客観性を持つことが絶対にいいことかと言えば、そうとぼくは言い切れない。人によって良し悪しは変わるだろう。常にふたつを見比べて、どこがいいとか悪いとか判断することはけっこう骨の折れる作業でもあるから。彼はそのことを引き受けた。

「ぼくが最近気づいたことは、いま仕事で違うところに行ったりしますが、違うところに行くときは、自分がどれだけ早くそこに慣れるかが成功の道だと思ってる。たとえばラパスに行ったら、しゃべり方も違うし考え方も違うから、その人らと同じ基準になって、その人らと同じことやったら成功しやすいっていうか。違うペース、違う文化に合わせるというか、そういうのが近道になるっていうのがわかりました」

「つまり自分の基準ですべてを判断しないっていうことですか」

「まあ、自分の基準は大切だと思うんですけど、やっぱ慣れないと。たとえばですけど、もしぼくが日本のペースでボリビアで勉強しようと思ったら、絶対できないんですよ。ボリビアっていうか、リベラルタではでしたけど、勉強するっていうのがすごい下やからね。一度あったんですよ、教師にもっと難しく教えろって言ったら怒られて。で、学校から一度追い出されたんですよ。でも逆にそういうこと言わんと慣れて、リベラルタのペースで角度を変えて物事を見たら、成功しやすいんかなって思うんですよね」

「それって、つまり自分のオプションを増やすってことですよね。オプションというかスイッチかな。リベラルタのスイッチ、日本のスイッチみたいな」

「そうです、そうそう！　いっぱいスイッチを持ってるほうがいいと思う。それは対人間でもそうじゃないですか。いろんな人間がいるから、そういうスイッチを換えていくっていうのが大切かなって」

このときはスイッチとぼくは言ったが、そのまま経験と言うこともできる。それが積み重なったぶん、また未知の世界に行っても順応が早くなるという感覚なのだと思う。身を以てそれを体験し続けているホセさんの言葉はシンプルだが強かった。ホセさんは今後、リベラルタに戻って仕事をするつもりはないのだという。

「むしろ外国に行きたい。たとえばヨーロッパとかね。パスポートもあるし」

三時間くらい肉を食べビールを飲んだ。次は日本の居酒屋でも飲んでみたいなと思った。ホセさんの母親はリベラルタでホテルを経営している。リベラルタにも足を延ばすことになっていると伝えると、「うちのホテルに泊まったらいいですよ」とすぐに連絡をとってくれた。

アルゼンチンはブエノスアイレスを出発して、パラグアイ、ブラジル、ボリビアの各地をめぐってきた旅は、ボリビア北部のリベラルタで終わりを迎える。

早朝五時にルレナバケのバスターミナルへ向かった。到着したときの駐車場とはべつの、大きなバスターミナルだった。早朝のルレナバケは昼の暑さとは対照的に冷え込み、さらに大量の蚊が服越しに血を吸ってきて、痒くてしょうがなかった。バスはこれまでに乗ったどのバスよりも年季が入っていた。前から五列目くらいの指定された席に座り、まだ暗い道をバスは出発した。いっしょにやって来た佐藤さんは前日すでにサンタクルスに帰ったので、ここからはひとりで移動する。予定ではリベラルタまで一〇時間くらいの道のりであった。

すぐに眠りに落ちたが、バスはまもなく停留所に止まり、信じられないくらい大勢の乗客が乗り込んできた。席はすでに満席なはずだけど……と思っていたら、彼らは通路に座り込んだ。当然ぼくの席の隣にもふたりくらい座った。長距離バスでもスリがいるという情報をいつかどこかで得ていたので、荷物を抱きしめてぼくはまた眠った。

次に目が覚めると日は高く昇っていて、一二時を回ったところで昼休憩のためにバスから降ろされた。眠気のためにほとんど記憶がないが、そこはいくつかの出店が昼食を提供している野原みたいなところだった。ぼくは食欲が湧かなかったので飲みものだけを買って、車内で待っているうちにまた眠った。

やがて寝苦しさで目が覚めた。道が舗装されていないために砂埃がすさまじく、窓を開けられないうえに、空調も壊れていて、締め切った車内は日光の格好の餌食になっていた。辺りは砂漠にすこし草が生え、遠くにはジャングルらしい緑がうっすら見えた。近くに街も集落もなさそうだった。眠ったり起きたりをくり返しているうちに、通路に座っていた乗客たちはいつのまにかいなくなっていた。

一五時ごろ、乗客たちの騒がしい声が聞こえてぼくは目を開けた。どうも、前を走る軽トラがスロースピードでフラフラしているようで、バスは抜きたくても抜けないという状況のようだったが、乗客がやんややんや言うわけはわからなかった。

しばらく中途半端なスピードで走っていたバスは、一瞬の隙を見つけ、ようやく軽トラを抜き去った、かと思ったら、道を塞ぐように斜めに止まり、軽トラもそれに続いて止まった。すると乗客の男たちが「行け行け行け！」と叫びながら、一目散にバスから降り、女たちは窓から身を乗り出した。なんだかわからないが、もしかして、なにか有名な、幻の移動式の屋台かなにかなんじゃないだろうか、などと寝ぼけて空腹になったぼくは考え、女たちに紛れて窓から身を乗り出し様子をうかがった。

事の顚末はこうだった、——軽トラがふらつきながら、信じられない遅さのスピードで走っていた。道はそこまで広くなく、さらには砂埃が巻き上がるので視界も悪く、抜くに抜けないバスを先頭に車が何台も連なり、砂漠のなかで局地的な渋滞を引き起こしていた。その様子から軽トラの運転手は酔っ払っているものと思われた。やがてバスが軽トラを止めると、乗客たちがその酔っ払い運転手を懲らしめるために降りてみたものの、実際のところ運転手は酔っ払っていなくて、助手席の妻らしき女性といちゃついていただけだった。降りた乗客たちは一定の距離を取りながら軽トラになにやら罵声を浴びせ、それに応戦するかたちで助手席から妻が降りてきて、落ちていた木の枝を拾い上げ、大声を上げながら乗客を威嚇する、というのをぼくは窓から見ていて、これは夢の続きなのかなんなのかわからないがおもしろいなと思った。

乗客たちはネタがばれて白けたのか、すぐに戻ってきて、バスはいままでの遅れを取り戻すために猛スピードで軽トラ以下ほかの車を置き去りにした。でもなぜバスの運転手ではなく、乗客たちが彼らを攻撃しようと思ったのかはわからなかった。これは中米グアテマラにスペイン語留学をしていたときある小さい町で聞いた話だが、その町はかつてゲリラが占拠していたのを、住民たちが協力してゲリラたちを追い出し、いまでも住民たちの自治で治安が守られているそうだ。よって町に警官はおらず、泥棒に入って見つかろうものなら、住民たちが寄ってたかってその泥棒を殺してしまうのだそうだ。妻と乗客たちの争いが終わり、席に戻ったのち思い出したのはそんな話だった。なお、グアテマラの話は、ぼくのスペイン語がいまよりもずっと下手くそだったときに聞いたものなので、どこまで本当かどこまで誇張されているのか、はっきりとしたことは言えない。

そんなこんなでぼくもようやく目が覚めて、もう一箇所トイレ休憩があって、また飲みものを買った。予定ではもう着いてもいいころだったが、まだ数十キロあるようだった。空腹に我慢ができなくなってきた。土埃でいっぱいだった光景に木々の緑が増えてきていた。

リベラルタのバスターミナルに着いたのは、夕方五時だった。リベラルタは砂漠や森のなかに急に現われた街で、ルレナバケから先に帰っていた小川さんがバイクで迎えに来てくれていた。

ホセさんは小さな町と言っていたが、リベラルタは無機質な都会という第一印象をぼくは持った。灰色のアスファルトをたくさんのバイクが駆け抜け、寂れた店やレンガ造りの作りかけの家が他人行儀に思えた。どこをどう走ったかわからないまま、一五分くらい小川さんのバイクの後ろで日が暮れていく街を見ていたら、ホセさんのお母さんが経営するホテルに着いた。

「かなりいいホテルですね、ここ」と小川さんは言った。たしかに、こぢんまりとしているものの、中庭には緑が多く、壁も床もきれいなブティックホテルだった。いったいいくらするんだろうかと不安になった。

フロントに行くと、奥からやや怪訝そうな顔で、ぼくよりひとまわり上くらいのきれいな女性が出てきた。「ここのオーナーの息子のホセさんに紹介してもらってきました」というと、その女性がホセさんの母親だというので、驚いたのだった。

「ああ待ってたよ。いらっしゃい。困ったことがあったらなんでも聞いてね」という感じのことをスペイン語で言われた。なんとお金はいらないという。「息子によろしくって言われたからね」と、ちょっとだけ皮肉っぽい表情をして、彼女は笑った。

小川さんは仕事があるらしく、翌日に昼食を食べながらいろいろ相談しようとなって、すぐに帰っていった。ぼくはシャワーを浴びてから、空腹を満たそうと外に出た。

ホテルはリベラルタの中心部に位置し、隣には大きな公園があった。ここでは毎晩いろいろな屋台が出ているらしい。ひとりでレストランに入る気になれなかったので、どこかおいしそうな屋台でもないかと、公園をぐるっと一周した。

ルレナバケと違い、ここは観光で来るような街ではないようだ。歩いているだけで視線を感じた。ぼくが住民でないことは服装からも明白だった。ちょっと居づらいからやっぱり屋内のお店でも探そうかな、などと考えていると、ふいに背後から声をかけられた。「あれ、日本人？」。

驚いて振り返ると、屋台のおっちゃんだった。スペイン語訛りのある流暢な日本語で彼は続けた。「旅行？」。

「あ、はい、日本人ですけど。日本語できるんですか？」とぼくが返すと、彼はすぐに言った。「昔日本で働いてたよ、名古屋で。一〇年以上いておととし帰ってきたんだよ。日本いいよね。なに食べる？」。

ぼくはハンバーガーとコーラを頼んで、おっちゃんの思い出話を聞きたかったが、屋台には次から次へと客がやってきて、落ち着いて話す暇もなかった。帰り際に「ごちそうさまでした」と伝えると、「ありがとう、またね！」とおっちゃんは言った。

ブラジルとの国境も近いボリビアの北部、アマゾンのジャングルのなかに突如出現する街リベラルタでの最初の夜は、こんな感じで更けていった。

リベラルタにはおよそ一〇万人が住んでいる。小川さんによると、そのうち先祖に日本人を持つ人が五〇〇〇人以上はいるんじゃないかということだった。ただこれは名字に日本名を残している人の数であって、そうじゃない人も入れれば数万人になるかもというのが彼の見立てだ。こうなると日系人か否かなどという観点はもうどうでもいいことのように思える。

到着の翌日、小川さんのお気に入りの店というレストランに行き、ランチに魚介のスープを食べ、川沿いに立つ展望台に向かった。そこでは街を一望することができる。街は木々の隙間に家々が建てられている風情で、背の高い建物はほとんどなかった。その日はよく晴れ、気温もぐんぐん上がり、半袖が汗ばんだ。車道もところどころ赤っぽい土がかぶっていて、屋根の色と混ざっていた。緑と赤と青空のコントラストが、前日の第一印象と違って気持ち良かった。

展望台から見て街の反対側には、マドレ・デ・ディオス川が流れていて、対岸はいかにもアマゾンという感じの緑が深い森になっていた。岸に沿って何隻かの舟が集まって留まっているところがあって、そこが港なのだという。といっても、桟橋のようなものと掘っ立て小屋が見えるだけのかなり簡素な港だった。ここで水揚げされた魚が毎日のように市場に並ぶそうだ。

中心部からすこし外れた川沿いに、日本人たちが上陸したとされる土地がある。ペルーから国境をまたぎ、ボリビア側に入った日本人たちはアンデス山脈を越え、さらに川を下ってこの地までやってきた。そう思うと、その途方もない距離の前では、昨日の空調の壊れたバスの旅などなんでもない。

「コビハっていう、ここから西に行ったところにある、ペルーとブラジルの国境付近の町にも子孫たちがいるらしいですよ」と小川さんに教えてもらった。ペルー国境付近にあるということであれば、日本人たちが移り住んだのはコビハのほうが先なのかもしれない。小川さんの口ぶりからはコビハ〜リベラルタ間はそこまで遠い感じを受けなかったが、実際は直線距離で三〇〇キロあって、日本で言えば東京〜名古屋間よりも遠い。ちなみにルレナバケ〜リベラルタ間は四〇〇キロで東京〜大阪間くらいだった。

また小川さんのバイクに乗って、日本人上陸のその土地まで連れて行ってもらった。だがブラジル、サントスのように、なにかモニュメントがあるわけでもなく、整備されていないゆるやかな土の坂道が川沿いの木々に向かって延びているだけだった。雨が降ったらぬかるんでぐちゃぐちゃになりそうな道。その脇にはすぐに沈んでしまいそうな木舟が捨てられているように置いてあった。ぽつぽつとある家はどれも頼りないトタン屋根で、壁も木材でつぎはぎした跡がはっきりと見え、お世辞にも住みやすそうには見えなかった。

小川さんはそのうちの一軒が魚屋だと言って、なかに入っていった。そこは看板もなく、ドアが開けっぱなしになっていて、魚屋だと知らなければ入ろうと思えるような場所ではなかった。店というよりは知り合いの漁師の家に魚をもらいに来たというほうがふさわしく、屋内は外と同じ地面に壁を立たせ、屋根を被せた土間という感じ。店内では年配の女性がひとり、ガーデンチェアに座っていた。白いプラスチックケースが置いてあって、そのなかにはその日獲れた魚が入っているということだったが、今日はもうほとんど売れてしまって魚はあまり残っていなかった。小川さんは女性と二、三、言葉を交わしたのち、買うのをやめた。このあたりで獲れるのは、世界最大級の淡水魚と言われるピラルクと、こちらも大型淡水魚のパクゥという魚が主力だそうだ。

このエリアに住んでいる人たちの多くは日本人移住者の子孫であるということだったので、彼らにインタビューできないかと小川さんに聞いてみたが、彼は苦笑いしながら、親指と人差し指をつなげ丸めて、「インタビューするとなるとお金を要求されると思います」と言った。このエリアは治安もよくないそうで、日本人と見ると住民たちが金をせびってくるので、彼はあまり関わりたくないということだった。

魚屋を出て、今度は街の墓地に連れて行ってもらった。そこは中心部から延びる大通りの終わりにあった。塀で囲まれ、複数ある入口の前には花屋の屋台が出ており、ぼくたちはそのうちの一台で花を買った。

墓地には一軒家のようなものや、一枚の壁に何基も掘られている集合住宅のようなお墓が、白のほか青や黄色などに塗られカラフルに続いていて、そのなかにひときわ背の高い四角柱があった。正面には漢字で大きく「慰霊塔」と書かれていた。五メートルほどあるだろうか、元は白かったコンクリートの塔は汚れ、ところどころヒビも入っていた。

側面に十字架が彫られ、その下に「EN MEMORIA」(記念に、あるいは偲んでの意)、続く説明文には、「1908年以降ボリビアに着いた最初の日本人移民たち、ここに眠る」とあった。一九六四年三月に日本大使館によって建てられたもののようだ。そこに献花し、手を合わせた。だが、ぼくは半袖短パン、サンダルという出立ちでどうにも不釣り合いだった。そもそもこんな格好で墓に来るのはどうなんでしょうね、と言い訳がましく小川さんに言って、小川さんもそうですねと言った。彼はTシャツにジーンズ姿だった。

改めて敷地を歩いてみると、日本人らしい名字が記されている墓が本当にたくさんあった。だいたいはローマ字で記されているが、なかには見様見真似で書いたと思われるカタカナが記されている墓や、いかにも日本ふうの墓に「福島県人」と彫られているものもあった。

先ほどの上陸の地では、その子孫たちの住む場所の現実にすこしばかりショックを受けたが、こうして墓地に来てみると、意外にも日本の残り香を感じることができた。ものごとの一面だけを見て、移民たちの子孫からは日本文化がとっくに失われていると思いそうになっていたが、そんな単純な話ではないらしい。ここでは日本人会も古くから組織され、その事務所はいまもあるのだという。リベラルタには沖縄系の人が多く、太平洋戦争後には彼らが中心となって戦災救援会を立ち上げ、オキナワ移住地を作るきっかけとなったのだそうだ。

街には豆腐を作って売っているところもあるというので、連れて行ってもらった。住宅街のある民家のドアのところに張り紙がしてあり、手書きのスペイン語で「豆腐あります（大豆のチーズ）一人前15ボリビアーノ」とあった。ドアには鍵がかかっていて、あいにく休みで、売っている豆腐を見ることはできなかったが、小川さんが家の裏側に回って声をかけると、家の主人から入ってこいと言われた。中庭に向かう居間では何人かの男たちがビールを飲んでいた。

おまえたちも飲めと言って、男たちのひとりがぼくたちにコップをくれた。その後、彼らはほとんどこちらのことなど気にもせず談笑していた。席について自分たちでビールを注いで、いただきますと言って小川さんと乾杯すると、テーブルにあるものを食べていいと言う。白米や麻婆豆腐らしきもの、切り干し大根などがあった。正直どんな味だったかも覚えていないのだが、ここに来る前には、リベラルタには日本の風習はほとんど残っていないという前情報を誰かから聞いていたから、そう思い込んでいた。先ほどの墓地といい、聞いていたのとは違うなと思いながら料理をつまんだ。

その翌日も同じように小川さんのバイクに乗って、日本人会の事務所に行った。それは街なかの店が並ぶ賑やかな通りにある小さな事務所で、これまで訪ねてきた移住地にあったような独立した建物とは違い、長屋の一角にあった。ガラスの窓からはデスクと書類が詰まった棚が見えるだけで、ぼくひとりだったらここが日本人会の拠点だとはわからなかっただろう。

事務所では日本人らしい顔立ちの女性が出迎えてくれた。彼女の名字はチネンというらしい。漢字のことは聞けなかったが、沖縄によくある「知念」姓のはずだ。彼女はここで事務員として働く、快活で笑顔の素敵な人だった。あまり日本語がしゃべれないようだが、日本にルーツを持つ人たちの戸籍管理や日本での就労支援などをしているそうだ。棚に詰まったそれぞれのファイルの背には、FUJIMOTO、ISHIDA、KANASHIRO、KIMURA、NISHIDAなど多くの名字が印字されていた。

ボリビア人が日本に入国する場合はビザが必要だが、長期にわたって働くためのビザは原則的にいわゆる日系人にしか発行されないらしい。この場合の日系人というのは三世までとされているが（二〇一八年に四世までになった）[註7]、先述のとおりボリビアの戦前移民はその成り立ちからいつ来たのかはっきりしていないことが多く、実際は三世なのか四世なのかわからないケースも多い。

ボリビアは南米でも貧しい国で、平均月収もかなり低いこともあって、外国に出稼ぎに出る人が相当数いる。日本に来るために戸籍を買う人もいるらしい。問題は、日系人であると証明をするために日本の戸籍を取り寄せてもその内容が理解できないことで、小川さんはいま、日本人会の人たちやこれから日本に行こうとする人たちに日本語を教える活動もしているそうだ。

このへんの話は賛否両論ありそうだが、ぼくとしては日本移民の歴史を見るに、ボリビア人たちがその歴史背景をうまく使って、どんどん日本に就労したらいいと思う。懸念としては、かつてペルーに行った日本人移民がされたような仕打ちを、いまの日本社会や政府が外国人労働者に対して堂々とやっていることだ。過酷な労働条件、低賃金もしくは不払い、不当な天引き、劣悪な住環境など、一〇〇年以上前にも起きていた話が二一世紀のいま頻繁に聞かれて、そのたびに情けない思いになる。

事務所の奥には、簡単なリクリエーションならできそうな一〇畳くらいの部屋があって、壁には一世と思わしき日本人たちの肖像画が掲示されていた。また、木の船やいかだに乗った男たちがリベラルタの岸に着き、上陸しようとするのを描いた絵が数枚飾ってあった。握手する人たちや、日の丸を手に持って高く掲げる人たち、それを見に来た地元民たちの姿が、色鮮やかに描かれていた。部屋の奥にある小さな神棚には、昭和天皇と皇后の肖像写真が飾られていた。

日本人会の事務所を辞し、近所に住んでいる小川さんの友人夫妻の家にお邪魔して小一時間ほどしゃべっていると、日はすっかり暮れてしまった。小川さんに次の用事があるということで向かったのは、彼がビジネスパートナーといっしょに借りているというスペースだった。そこでお酒や軽食を出したり、ときどきパーティ用に貸し出したりするらしい。だだっぴろい倉庫のような場所で、真ん中にテーブルと椅子が集まって置かれていた。奥にはバーカウンターもあった。

この日はバー営業をしていなかったが、ビジネスパートナーのハヤシダさんが迎えてくれた。ハヤシダさんは母方が日系の二〇代男性で、彼は日本で幼少時代を過ごしたそうだ。

---

7 二〇一八年七月一日よりスタートした「日系四世の更なる受入制度」。一八歳以上三〇歳以下の基本的な日本語能力を有する者を対象とし、受入れサポーターからの支援を受けながら日本に対する理解や関心を深め、現地日系社会との架け橋になってもらうことを目的に掲げている。要件を満たせば、通算最長五年間の滞在が可能。滞在費をまかなうための報酬労働が認められている。

言われないと日系とは気付かない一般的なボリビアの若者の顔立ちだが、左腕にタトゥーが豪快に入った筋肉質な彼が素朴で丁寧な日本語を話すのを見ると、どことなく日本人ぽさを感じるのが不思議だ。その場にはマリアという二〇代の女の子が来ていて、彼女は数ヶ月後に日本に行くために小川さんに日本語を習っていた。小川さんは彼女に、ぼくと日本語で話をしてみたらと言っていたが、恥ずかしがって嫌だと言った。ひらがなの読み書きをようやく覚えたところらしい。

残念ながら彼らと話をじっくりすることができなかったのは、バーに着いたころからぼくのお腹がおかしくなってきて、しばらくビールを飲んで耐えていたせいでさらに調子が悪くなったから。けっきょく小川さんのバイクに乗せてもらって早々にホテルに帰った。そしてすぐ寝た。

翌日にはさらにひどく腹を下して熱もあるようで、一五時ごろになって小川さんが心配して見に来るまでずっと眠り、何度もトイレに起きるというのをくり返していた。なにかに当たったらしい。おそらく料理で使われていた水なんじゃないかと小川さんは言った。

「たぶん魚介スープが当たりましたね」。

彼によると、リベラルタではそこに住んでいる人であっても、しばらく外に出て戻ってくると水に当たるらしい。ぼくはいままでどこに行っても腹を壊すことなど記憶になかったのだが、熱まで出るとは知らなかった。

「せっかくですから、メルカドを見て行きませんか。まだやってるかも」と小川さんが言うので、すこし症状が落ち着いてきた一六時ごろ、メルカドまで連れて行ってもらった。メルカドというのはスペイン語で市場のことで、ホテルと墓地の中間くらいの場所にある、新しい建物だった。ほとんどの店は残念ながらもう閉まっており、いくつかの雑貨屋や駄菓子屋などが開いている程度だった。小川さん曰く、メルカドでは怪物のように大きいピラルクや野生の猿なども売っているということだった。腹を壊していなかったらそういうのも見られたのに、最後の最後でこんなことになってしまってかなしい。翌日の飛行機でサンタクルスに戻らないといけなかった。

夕暮れの街では、ヘルメットを被らない多くのバイクが（我々もそうだったが）往来を行き来していた。これから夜になるとナイトマーケットが開かれ、初日に見たようにたくさんの屋台が店を開き始める。

最後に、前日に会った夫妻の甥が話をしてくれるというので、会いに行った。彼の家はリベラルタではかなり近代的な造りで、大理石の居間にはソファが置いてあった。彼の名前はダヴィ・ゲレーロ・メンデス・ハシモトというそうだ。ぼくと同じくらいの歳で、細マッチョという言葉がぴったりの、ちょっとやんちゃしてそうな兄ちゃんだった。

「ぼく一五歳のときにこっちに来て、そのときはまったくスペイン語がしゃべれなくて。日本生まれじゃないんだけど、ちっちゃいときに行って、いつ日本語を覚えたのかもわからないくらい。最近はもう三、四年しゃべってないのでけっこう日本語しゃべるの苦労するね」と謙遜するが、その謙遜の仕方を含めて完璧であった。神奈川県の平塚に住んでいたそうだ。帰国してからも毎年夏休みになると日本に戻っていたらしい。彼は話のなかでボリビアと日本、どちらの場所にも「帰る」という言葉を使っているのがいいと思った。両親はいまも日本にいるのだという。

「平塚に家はあるんだけど、いまはそこには住んでなくて、群馬の大泉町《おおいずみ》ってところに住んでる。その前は石垣島に二年住んでてカフェ・レストランかなにかやってました」

彼はいまリベラルタに住み、アーモンドの会社を経営している。もともと祖母がアーモンドを収穫していたところの土地を持っているという。祖母の話もすこしだけしてくれた。

「ぼくのおばあちゃんは日本人だったんだけど、ボリビアで生まれたから日本語もしゃべれないし日本のことも知らなかった。七〇ちょっとで初めて日本に行って、でも、こっちで生まれてずっと暮らしてたから感覚はぜんぜん違う。ものの考え方が、たとえばこっちの人って日本ではそれはやらないでしょっていうことをやる。遅刻はもちろんだったりとか、あと人を騙したりとか。まあぼくも被害に遭うこともあるけど。もちろん人によってなんだけど」

彼は照れ屋なのか、自分の話を始めてもすぐにビジネスの話や政治の話などに変わってしまった。いや単に日本とボリビアのどっちがどうとかなどという話よりも、いまいるところでやっていることに関心があるのだろう。ぼくはそれでいいと思った。

ダヴィさんの話のなかで、印象に残ったエピソードがある。この話にぼくは、「外」からやってきた人が「中」に入っていこうとする瞬間が表現されているように感じた。

「ロシア人のドクターがぼくたちの友だちだったんだけど、彼は一五、六歳のときにボリビアに来て、それで大学に行ってお医者さんになったんだけど。その研修で一年間、かならず地方に行かなくちゃいけないってことで彼はリベラルタに来て、すごく驚いたことがあったんだって。ここではどんなに貧しい家族でも、餓え死にとか栄養失調になるとかないんだと。家族がみんな集まって住んでるからかな。たとえば、ここの家、こっちの家、もう一個の家、もともと全部ひとつの家。ここはぼくの家で、隣はおばあちゃん、その隣は叔母さん、その向こうの終わりのブロックまでみんな家族。だからそういう食べものに困らないっていう習慣があるのかもしれない」

日本人移民の足跡とその子孫を訪ねてきた旅はいったん、この日このリベラルタで終わった。サンタクルスからのべ三〇時間ほどかけ、一四〇〇キロ以上の道のりを走ってここまでやってきたが、飛行機なら二時間しかかからない。

自分も南米の地で育っていたらどうなっていただろうか、という半ば憧れのような気持ちをきっかけにいろんな人と会ってきたが、「日本人とは／日系人とはなにか」という問いが、遠い外国の地で「日本」のなにかを感じられるとちょっとうれしい、というような安易な満足に変わってしまう瞬間も多々あった。そのことは、自分がいかに自国文化に影響を受けているのか、言い方を変えれば、いかにそれに囚われているかを証明するものでもあったと思う。

〇〇人よりもまず自分は地球人、みたいな言い方があるが、どこで育ち、どの言語を獲得し、どの地域・国の常識や価値観を元にするかで、その人を形成する要素は違ってくる。とすれば、ぼくが出会ってきた日系人たちは、さまざまな階層で、かの地と「日本」とをつなぐ存在と言うことができるのではないか。

一世より二世、二世より三世というふうに、世代を追うごとに彼らの「日本人としての意識」はその範囲が広がっていき、同時に我々「日本人」の鏡となっていく気がする。彼らがどんどん現地社会に入っていって、いや入っていくというよりも、すでにそこにいるのが前提になるわけで、それが、我々から遠いことになるのだとすれば、その遠さは彼らの可能性である。拡張した（していく）文化と視線というイメージと言ったらいいだろうか。我々にとっては、その遠さをもってしても彼らを同胞と認めることができるのか、という度量が試されていることでもある。ただただ奇異なものとして見てしまうか、あるいは自らにない視線を、けっして自分が獲得したもののように扱わずに、受け入れることができるか、何度も使ってきた言葉だが、その想像ができるか。

リベラルタでは日本人の先祖を持つ人たちにたくさん会った。彼らとはほとんど日本がどうとかいった話はできなかった。ぼくが会話をできたのは日本語が流暢な人たちが中心で、たとえば日本人会のチネンさんとはぼくのスペイン語力の問題から、突っ込んだ話をすることはできなかった。だからぼくが話したのは日本で働いていたか育った人たちで、日本の文化や作法についても理解している人たちだと言える。それでも、日本人とか日系人とかいった話題にほとんどならなかったのは、もうその問いが有効ではなかったからなんだろう。彼らを日系人という括りで語ってしまうことは、ぼくだけが満足する乱暴な方法のように思えた。彼らはぼくたちと同様に日本にルーツを持つ隣人だ。その事実は変わらないし、それだけで十分なのだと言える。言語がもたらす動作を使い、意思の疎通ができれば。

日本という国や文化が諸外国からの影響を受けて形成されてきたように、日本文化も彼らの要素の一部になっているのは端的に素敵だなと思った。

またいつかこの街を訪ねたら、今度はできるだけ友人のようにくだらないことから政治のことまでを話してみたい。街の魅力とか、メルカドの猿とかを、旅行者として楽しんでみたいと思う。

en Kyoto

京都にて

一年間のブエノスアイレス研修を終え、帰国したのは二〇一七年の八月の終わりで、一〇月はじめからは、京都国際舞台芸術祭に出品する『バルパライソの長い坂をくだる話』という作品のリハーサルが始まることになっていた。九月末日にアルゼンチンから出演者三人が来日し、同じ日にエドゥアルドもブラジルからやってきた。サンパウロやブエノスアイレスから日本までは最低でも二四時間かかるが、皆ずっと機内で寝ていたらしく元気で、初日から飲みに行った。ひと月後の一一月の最初の週末には、もう作品の上演をしなくてはいけなかった。

ぼくにとっては、日本語ネイティブ以外の俳優だけ（エドゥアルドともうひとりはダンサーだったが、今回は俳優として出演）と作品を作るのは初めてのことだった。たいへんだった。

エドゥアルドを除く彼ら三人は、日本はおろかアジアが初めてだったので、半分くらい観光気分だったのではないか。スペイン語上演だから、日本語（と英語）字幕を出すことになっていて、観客の大半がスペイン語を理解しないからという理由のせいなのか、セリフをぜんぜん覚えてくれない。ぼくは俳優がセリフを覚えていない段階で、動きやシーンを作っていくのが苦手、というかやりたくないと考えているので、何度も覚えるように頼むがあんまり響いていない様子。ほかにも、台本のスペイン語がブエノスアイレスのスペイン語とは違うとか、この表現はおかしいので覚えられないとかいろいろ。リハーサル中にずっと携帯をいじっていたり、絵を描いていたり、いざその出来事を列挙してみるとそうたいしたことはないが、その反面制作側への要望は多く、当時はけっこう精神的にもこたえる現場だった（なお、彼らの名誉のために追記すると、集中すると目の覚めるような演技をし、表現力も抜群だったので、彼らをその気にさせるやり方が演出家として未熟だったと言える。いまも彼らとの交流は続いているし、関係も良好だ）。

そんななか、エドゥアルドはスタッフの動向をいつもうかがい、共演者たちに「日本にいるんだから、日本のやり方に倣おう」などという提案をし、彼はいわゆる「場の空気を読む」ということに長けていた。スタッフのあいだではもっぱら「エドゥアルドは日本人だ」というような表現がされていた。ぼくも出演者それぞれと向き合うなかで、彼の存在はとても助けになったが、彼の振る舞いを見ていて、サンパウロで話を聞いたときのことを思い出していた。

「いつも感じるんだけど、ブラジルの家族といるとき、自分はすごい日本人だって思う。なんでかって言うと、家族たちはすごいうるさいんだよね。で、自分はそのなかで、すごいシャイになる。なんていうか、彼らはしゃべる余地を与えてくれないという感じ」

エドゥアルドの父親は日系人で、母親はイタリアにもルーツがある家系の出だということはすでに四章で書いた通りである。「ブラジルの家族」というのは、母親のほうの家を意味している。

「で、日本のほうの家族といると、自分はすごいブラジル人だなって思うよ。だって彼らはあんまりしゃべらないんだ」

あのときのエドゥアルドは酔っていたのかハイになっていたのか、ややおおげさなもの言いだが、日本語に翻訳するとこんな感じのことを言っていた。エドゥアルドは大勢でいるといつも大笑いしている陽気でチャーミングな人、とみんなに思われているが、ふたりでいるときには落ち着いた口調で、ぽつりぽつりとしゃべることも多かった。ところで余談ではあるが、ブラジルでは完全な合法ではないけれど、個人利用程度であれば大麻の所持、使用は珍しいことではない(医療使用は解禁されている)。隣国のウルグアイでは世界に先駆け合法に踏み切り、アルゼンチンでも事実上の合法となっている。出演者たちには日本では厳しく取り締まられるから間違っても持ってこない、手に入れようとしないようにと強く言った。で、エドゥアルドはほぼ毎日のように銭湯に通い、「銭湯の気持ちよさは大麻のそれに似ている」と言っていた。

「学校に通っているときは、クラスに日系が自分を入れてふたりくらいしかいなかったんだけど、日本人だと思われたくなかった。友だちがみんな、おれに『日本人、日本人』って言ってくるんだよね。だからいやだった」

いっしょに飲んでいたビアトリスも同じようなことを言っていた。

「一七歳とか一六歳とかのときだったと思うけど、日系コミュニティにいるのが嫌だった。もっとブラジル人の友だちの輪に入っていかないとって思ってた。でもそれはちょっと変な気がして。ブラジル人の友だちはみんな大きいから」

「どういうこと?」

「若いときの話だけどね、わたしは自分のサイズが嫌だった。わたしはすごく細い、すごく。そして背も低い。日本人的というか。ブラジル人の友だちたちは(背が)高いわけで。だから学校に行くといつも居心地が悪かった。悪かったんだけど、でも同時にここにいたいと思った。それが重要だった。なぜかって、わたしは日系コミュニティにいたから」

ビアトリスはエドゥアルドと同い年で、彼と同じくダンサーであり振付家でもある。彼女は三世にあたり、父方の祖父母は長野の出身だそうである。本人が言う通り、彼女は身長が一五〇センチくらい、日本というか東アジア出身だということがすぐわかる顔立ちをしている。

「わたしたちは日本人的視点じゃなくて、もっとべつの見方を探しているところ。わたしにとっては、もう日系のコミュニティ(にこだわること)は意味がないんだよね。どうしてかと言うと、わたしたちの世代はいまこの人間関係にこだわりたいと思ってる。たとえば結婚も、親の世代は日系同士で結婚してたけど、いまはブラジル人と結婚してるし」

彼女は言葉を選びながらゆっくりしゃべっていた。彼女とぼくは英語で話していたが、彼女の主語は頻繁にeu（ポルトガル語の一人称主語）になっていた。

「でも、わたしが（祖父の出身地である）川上村に行ったとき、駅に着いたら涙が出た。なんでかはわからないけど、わたしはいろんなことを思ったし、たくさんのことが自分のなかにあると感じた。わたしはブラジル人だけど、ここにいると日本人なんだと思った。なぜかわからないけど、悲しいと思った」

ビアトリスはしきりに、なぜかわからないけど、と言った。ぼくは彼女に、「自分の身体のなかに家族の歴史があると感じたの？」と聞いた。

「そうだね。すごい変なんだけど、この場所を知らないのに、同時に知っている気がした。川の音がうつくしくて、村を歩きながら祖父のことを考えていたし、この場所を知っているって思った」

ぼくは血のことを聞かれるのが嫌だった。でも本当は血のことを聞かれるのが嫌ではなくて、その質問が、自分の体内の歴史を否定されてでもいるように、感じるようになってしまったからではないか。

エドゥアルドはしゃべるときに吃音が出ることがある。本人に聞いたことがないので、余計なことだが、もしかするとそれは彼が過ごしてきた環境から来るものかもしれないとぼくは思った。「日本人、日本人」と言われることで、ヘタをすると自分を否定してしまいかねないものだったかもしれない。そういう経験が影響しているのかわからないが、彼のダンスはそんな彼の特徴もまるごと飲み込むような身体性を持っていた。今回彼に当てた役はほとんどしゃべらないかわりに、常に、観客に背を向けているときでも、身体は饒舌でいてほしいとお願いした。『バルパライソの長い坂をくだる話』の初演はたったの三ステージだったが、全ステージとも満席だった。ぼくの知り合いの客たちは、俳優たちの存在感に圧倒されたと言っていた。大勢でやってきた子どもたちの一番人気は、ほとんどセリフをしゃべらないエドゥアルドだった。

「一九歳のときにダンスを始めて、考えが変わったんだよ。自分の身体を観察すると、構造がやっぱり日本的というか、たとえば足（の長さ）とか。それで日本の踊りのことも勉強し始めて、実践してみると心地いいんだよ。よくわかんないけど、自分の先祖のことを感じていくみたいな感覚もあった。芸術だった。自分に日本人の血が流れていて、自分が日本人でもあることを受け入れるのには、ぼくの場合、芸術がまずあった」

疑う余地のない話をしたって、客席は盛り上がらない。俳優はしゃべりながら白け、照明家は明かりを消し、舞台監督は川に釣りに行く。母親は夢のなかで流産して、子どもは父親の髪の毛をひっぱって筋肉を鍛える。ぼくは行く、長い坂道を登って。太陽がふたたび顔を出すところまで。

戯曲『バルパライソの長い坂をくだる話』／二〇一七年

謝辞

ブエノスアイレスからパラグアイ各地、サンパウロ、ボリビア各地を旅したあのときから、もう四年近く経ってしまいました。

会ったことのなかったぼくを大きな心で泊めていただいたラパス移住地の安藤さんご一家、サンフアン移住地のSさんご一家、オキナワ移住地の安里ファウストさんと直也さん、リベラルタのホセさんのお母さん、ありがとうございました、Muchas gracias. そしてエドゥ（アルド）、部屋を貸してくれたビア（トリス）、Muito obrigado.

各地で話を聞かせてくれた方々、原稿のチェックまでしていただき、心よりありがとうございました。飲み会を開いてくれたオキナワ移住地のみなさん、ラ・コルメナのみなさん、青年海外協力隊の当時の隊員のみなさん、たいへんお世話になりました。

お話を伺ったけれど、ここには書けなかった方々もいます。ラパス移住地の農家や日本人会のみなさん、サンフアン移住地まで連れて行ってくれたHさん、感謝しています。サンファン移住地でもキャンプのあと、青年会のみなさんの飲み会に呼んでいただきました。本当にありがとうございました。

ほとんどノープランで、とりあえず出発したような旅でしたが、みなさんの温かいご好意とつながりでなんとか成立させることができました。各移住地で知り合いを紹介してくれた方々、たいへん助かりました。アスンシオンの岸田先生とは先日東京でもお会いできてうれしかったです。青年海外協力隊でボリビアに赴任されていた齋藤祥子さんと伊波さと子さんにご紹介をいただいた、(現在は日ボ連合会事務局を退職された) 佐藤信壽さんにはボリビア国内での移動で多大なアドバイスをいただきました。

この本に登場する大宜味村のSさん、ラ・コルメナの後藤さんは昨年 (二〇二〇年)、ルレナバケのタクシさんの夫のマルセロさんは今年、ご逝去されたと連絡を受けました。謹んで哀悼の意を表します。親切にしていただいたことを忘れません。

原稿を書くに当たり、リベラルタの小川弘樹さん、ルレナバケの河田菜摘さん、イグアス移住地の園田八郎さんに頻繁に相談させていただきました。生きた情報をいただき感謝しています。国籍法については、弁護士の山口元一さんにアドバイスをいただきました。

ペルーの祖母には二〇一四年以降、年に一回は会いに行っていましたが、世界情勢の影響により去年は行けませんでした。まだまだ元気でいてください。名護のYさん、このところお電話だけのやりとりですがお元気そうでなによりです。またお家にお邪魔させてください。ファンやエミにはいつも食事に誘ってくれてくれたことを感謝しています。ソエやファニの成長した姿が見られるのを楽しみにしています。マリア・ロサやネストルもお元気で、¡Nos veremos pronto!

宮沢和史さん、望月優大さん、星野智幸さん、ヤマザキマリさん、すばらしいコメントをありがとうございました。素敵でかつ迫力のある装丁をデザインしていただいた大原由衣さん、きめ細かくチェックしていただいた校正の猪熊良子さん、ありがとうございました。そして何度も締切を遅らせては催促させてしまいましたが、最後まで粘り強く付き添っていただいた編集の田中祥子さん、明確で遠慮のない指摘や修正のおかげでようやくここまでこぎ着くことができました。田中さんとこの企画を相談したとき、前のめりになって話を聞いてくれたことをよく覚えています。本当にありがとうございました。

この本を作るに当たって協力してくれたみなさんすべての方にお礼を申し上げます。自由に旅をできる日々が早く戻ってきますように。

参考文献

柳田利夫編『ラテンアメリカの日系人――国家とエスニシティ』（慶應義塾大学出版会、二〇〇二年）
岡野護編著『年表　移住150年史――邦人・日系人・メディアの足跡』（風響社、二〇二〇年）
アメリア・モリモト、今防人訳『ペルーの日本人移民』（日本評論社、一九九二年）
国本伊代、中川文雄編著『ラテンアメリカ研究への招待』（新評論、一九九七年）
細谷広美編著『ペルーを知るための66章　第2版』（明石書店、二〇一二年）
真鍋周三編著『ボリビアを知るための73章　第2版』（明石書店、二〇一三年）
田島久歳、竹田和久編著『パラグアイを知るための50章』（明石書店、二〇一一年）
『サンファン日本人移住地入植50年史』（サンファン日本ボリビア協会、二〇〇五年）
コロニア・オキナワ入植50周年記念誌編纂委員会、オキナワ日本ボリビア協会編『ボリ

ビアの大地に生きる沖縄移民――コロニア・オキナワ入植50周年記念誌』（オキナワ日本ボリビア協会、二〇〇五年）
ラパス入植60周年記念誌編纂委員会編『みどりの大地（第四集）：ラパス入植60周年記念誌』（ラパス日本人会、二〇一六年）
「季刊海外日系人」59号（特集：海外移住　歴史を振り返って、海外日系人協会、二〇〇六年）
田里友哲、中山満、石川友紀、島袋伸三、目崎茂和「南米における沖縄県出身移民に関する地理学的研究」（琉球大学法学部地理学教室、一九八一年）
中山満、大城常夫、石川友紀、米盛徳市、島袋伸三、町田宗博「南米における沖縄県出身移民に関する地理学的研究（Ⅱ）―ボリビア・ブラジル―」（琉球大学法学部地理学教室、一九八六年）
中山満、石川友紀、島袋伸三、前門晃、町田宗博、我部正明「南米における沖縄県出身移民に関する地理学的研究（Ⅲ）―アルゼンチン・ペルー―」（琉球大学法学部地理学教室、一九九〇年）
国本伊代「ボリビアにおけるメノナイト信徒集団―キリスト教プロテスタント再洗礼派が辿り着いた最後の新天地―」（『中央大学論集』第20号、中央大学論集編集委員会編、中央大学出版部、一九九九年）
国本伊代「リベラルタの日系社会―ボリヴィア日系人調査の旅から―」（『海外移住』1984年1月号、国際協力機構、一九八四年）

「南米移住の現状―ボリビア，パラグアイ，ブラジル」（「人口問題研究所　研究資料」第141号、厚生省人口問題研究所、一九六一年）
石川友紀「第二次世界大戦前南米ペルー・ブラジル・アルゼンチン・ボリビア・チリへの日本人移民の渡航経過と職業構成（Ⅰ）」（「人間科学」第11号、琉球大学人文社会学部、二〇〇三年）
生野次雄「三十年目を迎えるオキナワ移住地」（「海外移住」1984年5月号、国際協力機構、一九八四年）
松村妃佐巳「沖縄移民―南米にその航跡を訪ねて―」（「創」1979年11月号、創出版、一九七九年）

初　出

WEB マガジン「あき地」
ペルー、アルゼンチン、ボリビア、パラグアイ、ブラジル、ニホン、ワカモノ
2018 年 4 月 16 日〜 2020 年 5 月 15 日
https://www.akishobo.com/akichi/kamisato/

単行本化にあたり、加筆・修正を行いました。

神里雄大

Yudai Kamisato

1982年、ペルーの首都リマに生まれ、生後半年で渡日し、神奈川県で育つ。早稲田大学第一文学部在学中の2003年に演劇団体「岡崎藝術座」を立ち上げる。現在は東京および京都を拠点に、劇作家、舞台演出家として活動。2006年、『しっぽをつかまれた欲望』（作：パブロ＝ピカソ）で利賀演出家コンクール最優秀演出家賞受賞。2018年、『バルパライソの長い坂をくだる話』で第62回岸田國士戯曲賞受賞。国内外の舞台芸術フェスティバルへ招聘多数。平成28年度文化庁新進芸術家海外研修員として2016年10月から2017年8月までアルゼンチン・ブエノスアイレスに滞在。『亡命球児』（「新潮」2013年6月号掲載）により小説家としてもデビュー。戯曲集に『バルパライソの長い坂をくだる話』（白水社）がある。

岡崎藝術座ウェブ

https://okazaki-art-theatre.com/

越《こ》えていく人《ひと》

――南米《なんべい》、日系《にっけい》の

若者《わかもの》たちをたずねて

2021年3月22日　第1版第1刷発行

著者　神里雄大《かみさとゆうだい》

発行所　株式会社亜紀書房

〒101-0051

東京都千代田区神田神保町 1-32

TEL　03-5280-0261（代表）

03-5280-0269（編集）

http://www.akishobo.com/

振替　00100-9-144037

印刷所　株式会社トライ

http://www.try-sky.com/

ISBN978-4-7505-1685-1 C0095